U0929311

白音格力散文精选

一生看花相思老

白音格力 著

中国华侨出版社

自序／一笔静香

我是如此爱着那些草，那些木，那些花，那些月，那些诗。

因此，我曾写过，我要努力再努力，把整个身体，变成一座山，一棵树。这样我就可以更好更好地去感受一座山写出的草木篇章，一棵树开出的光阴花卷。

不，这样还不够具体。我应该把自己绣进去，用刺绣的针脚，细致地绣进那些山水里。我应该让整个身体的每一部分，都融于一山一水一花一草。让手指挂满黎明，让胳膊长满草径，让胸膛填满泥土，让眼睛蓄满秋水，让鼻息开满兰。

这一爱，人间已十年。

我这十年，就一个“静”字。

十年一静，不与青川争绿，不与丹青争墨，不与青春争宠。日子静了，恰好与你煮春色三分，前世二分尘土，

此生一分细水长流；时间静了，正好与你看取莲花净，清欢一味茶，方知不染心；窗外静了，刚好听风弦弹唱“来如春梦几多时”，不管“去似朝云无觅处”；香气也静了，正宜宣纸走墨，画尽草熏风暖，看六朝旧事，朝一露暮一雨，静坐一支香。

静，是大好河山；是一段孤山寺外的旅途；是寻常行处，题诗千首，别来相忆，知是何人；是遇或不遇，今年春尽，杨花似雪，悠自弹筝水云间；是烟敛云收，风与露水清凉一相逢的心意。

静到一路不起尘，走在哪儿，都能遇清风明月，遇桃红菊黄，一如遇旧相识，全是深情心意。有些心意像空山，寂静都是最美的声音；像一场雪，映着白月光；像一支香，时间的香，往事的香。

已于文章中写过很多“静”，而又正是“静”，让我写出了这两本书。这两本书，也几乎用了十年的时间。所以，我要感谢“静”。

在这份静里，我写了草木花月，写了诗词人间，写了一些心灵自赏的风光，写了幽香自怜心神潋滟的自我交契，断断续续，某个词，某段意象，带来缱绻美意。

与一个人，一段往事，终是孤清相望，但因矜持而不觉孤独，一笔花草一笔静香，一纸素影一行光阴。

这是我一个人的团圆喜气。

知道这两本书要出版时，我去了我常去的山里走了走。

是深冬，我带着云和茶。云是在清水里养来的，茶是老壶里泡来的。

我要去告诉还未开的山桃花，我是一个心中有云的人，我写过满山的诗篇；我要与枯木一起坐坐，一壶暖茶，等一场雪落，告诉它们，在我的文字里，我不曾辜负美好，我的浪漫像一座春天。

我踩响山径的韵脚，我抚摸了白雪的诗行，我轻轻敲了敲春天的门扉，我遇见自己，遇见你……

我一直希望能写出这样一本书：当某天你突然翻开，随便从哪一行哪个字读起，会有片刻失神，你在那里遇到自己。即便余年已晚，但你发现，手指依然温柔，眼睛依然清澈。这就够了。

然后合上书，去吹吹风，或在窗前小坐，看一团花影，听两声鸟鸣。书合桌上，花立枝头，我在书中，静静的，是一枚岁月的书签。

或者，在你长长的一生里，我是一笔静香，会被你偶尔温柔地念起。

在这一笔静香里，我写过三个奢侈的愿。

我愿一百次一千次一万次，饱蘸墨汁，写尽十万山花，只为给自己留下通向春天的线索。

我愿做一个美好的人，让心缓缓地流着小水流，让花静静地开着，淡淡地香着，让走的路都有你的风光，让看的天空永远有你飘来的云，让岁月抽花枝，明月来相照。

我愿岁月深处，每一天，都能与你，与美好，在朴素而珍重的一笔里，温暖相遇，相宜静好。

目录 Contents

第一辑　花插净瓶

第二辑　清风篱笆

第一辑　花插净瓶

挽一诗，与一山执手相约；

斟一茶，与一水掬诚相见。

放下一切，走吧走吧，

茶未凉，花已开，

眉间挂云去，指尖捻水来。

莲的小名

一直，我不说“莲”，只说“荷”。

跟自己说，“去看荷吧”，仿佛春来草自新，仿佛云掉了一朵我窗前，仿佛捡了一枚藏了一肚子涛声的卵石一样，都是那么自然的事。

月催更，尘收露，浮云看静花看闲。去看荷，就是整个身体都闲着，整座春天也闲下来，大开着门，跑进一溜夏；去看荷，就是去看点闲岁月，去看一池水，水面有人画了闹红小舟，去看荷叶上躺着昨夜哪个诗人驻足后遗忘的一个清圆圆的韵脚，去看我房间里、镜子里从来长不出的亭亭的叶，净植的花。

我不会对着自己说“去看莲吧”。那样，我会担心我眼睛不够清，没有一波清涟，手指不够净，不敢翻开我心底的《爱莲说》。

就像一直对佛，不敢太靠近。每到寺庙，只找僻静处，静静地听听钟声，闻闻风中的香。虽不像别人虔诚进门叩拜，但会在僻静处一直待着，有时可以坐半天。

如果为一朵荷花写一首诗，我会这样开头：某年某月某日，我去

看荷。仿佛我流浪了一千年一万年的身体里，铺开长卷，提笔就是为了记载这一天。

莲需要敬，荷却可亲近。

小池边，初夏时节，荷叶清圆，小而稚嫩，清清爽爽，偶有一枝菡萏，袅袅婷婷。有微风吹来，好似唤一声小名般甜腻，荷叶便轻舞，滚动着一个个清亮的露珠，与你呢喃。小亭旁，盛夏之时，荷叶如盖，挨挨挤挤，荷花饱满，初心亭亭，这时她们最喜欢的便是有人呢喃一句小名，随后便露出嫩红脸颊，与你相识。

心中是有莲的。

岁月渐深，越来越喜欢莲。莲一开，仿佛开的是一扇窗，看到以前不曾看到的风景。艳就让它艳着，淡就让它淡着。人在其间，得一素心，一平常心。再行于何处，都觉得月色可以铺路，云可以铺路，人走一生，无纠结，无怨愤，无争执，无欲求，百岁方圆，内在开阔。特别是于情感而言，心中有莲，得不到的，伴以荷风微澜，失去的，留得残荷听雨声。

我曾在一篇文章里写过，一叶荷，洗净了世界，长出一朵莲。是的，去看荷，若有雨，雨洗荷，荷洗我眼我心，洗净一个内在世界。也许此时，才敢轻轻唤一声“莲”。

在我心中，荷是莲的小名，住在一页春天的旁边，住在我诗歌的故乡。我可以唤着她的小名，像一朵云掉在她的池边，像一枚卵石安静地沉在她的心底。

桃花满发

树的意象，在我如发黄的老照片，留着一段绰绰阔阔旧人旧事的影子，风过去了，在远方堆成草垛一般，飘飘欲坠，我只是禁不住望一眼，继续我那些横七竖八的明天。

那种感觉，也像那些少女时代的梦，在虚弱的成年礼之后，它只不过是越来越清瘦的幽梦一帘，恍恍惚惚的。

我与树重叠了无数的光影，后来我常想，那是一缕佛光，安慰我，收留我。

疏疏朗朗的日羽，在叶缝间粼粼徐闪，透着股凉意，在单薄的身体上游走，像每个少年笛孔里的孤独。树撑起一片天空，幽暗暧昧，挡住世间一千层的灰白，兀自于一角促狭的天地，给你躲避与逃遁的路途。无所事事，空濛晦涩的人生节气不清不浊，你可以抛开，无所顾忌地孤独着。然后想着少年之前的少年，和那些疏影撩人的小情小事，或者少年之后的老少年，还会在一棵树下怀想那些旧时光吗？

我写过几次树的意象，清风相和的，瘦骨冷冽的，繁花惹眼的……而这一些，都不过是一个人孤独的见证。

人生到最后会是怎样的？是淡的灯火里的一朵睡莲，还是一个日落西山的老屋？或者就是一棵树，最后留下的老死依然深邃的枝干，

突兀狰狞。

直到那些年看过一些蒂姆·波顿电影里哥特风格的树，乖戾，狰狞，不可一世，心才渐渐平缓。像一个老屋子，墙土脱了，墙画撕了，任风从窗口进来。

那只剩下枝干再无马蹄声声的血液、再无海阔天空敬仰心中日月的树，留下的只是自己最后的一小块版图，不，还有一个想漂泊四野的孤独少年于树下坐成的泥佛。

就算一百年之后，少年还是会回来看它，那时，日光依旧讲着佛事，他桃花满发。

此后的少年，是一棵游走的树，守住一个人必经的路口。

俗事的爱情喧扰着熙熙攘攘的日月，张罗着枝繁叶茂的生计。慢慢脱掉叶肉，脱掉汁液，剩下枯干如铁。如果这其间的变化如日升日落，倒也留着最后的平和与温暖，留有彼此共有的时光，再走最后一段路。但余程往往不是这样的归宿，那枯干更像挣扎，最后的气力，最狰狞。

就像偶看花狸对《苦月亮》主题的一句总结：爱的必然归宿是厌倦和折磨，或者复仇。

看《苦月亮》是多年前，前年我还特意下载珍藏于电脑。但那时对爱的感觉还是，至少过程是美的，像夜里高天的月亮。我看重过程，不在乎结局。因为，一直不敢承认结局。

纠结一起的爱，是赤裸上阵，没有一丝礼让，于是开始厌倦对方的身体、语气、动作、眼神，一切一切，继而相互折磨，缺点光大。

最后就会相互报复，针尖对麦芒。

过程其实也好不到哪去，先是喜欢对方的身体、语气、动作、眼神，一切一切，后来开始挣扎，面目可憎地维持，继而狰狞不堪。

少年看那一树的狰狞，是一种人生的气节；老少年再看，就难免当作最后气力里的挣扎。

我更愿看成，是一个人最后的一段时光，一种谨慎的姿态。彼此的两个人，应该老死凝视，用彼此狰狞的枝干抚摸彼此，朴素静谧，纤悉热烈。

你就在这里，我就在这里，留有彼此谨慎的时光，那是我们更加坚信的一卷佛意，摇经筒，一扇佛门，香艳而大慈大悲地开着。我们桃花满发，相扶相携。即便时光老掉了，枝干裂掉了，我和你，如此近，如衣衫和白嫩的肌肤，相亲相爱。

玉兰

这端已是春暖，只有它最懂得。被尘烟漂过，被还带凉意的风吹过，甚至被骑自行车的白衣少年忽略过，那一端，它无邪地璀璨着闹了一枝头，端庄而娴美，不与世争。

是要忽然在街头撞见那一树兰的，才能领悟这不争的美——透着一丝浅的沁凉，仿若它是圣贤，睁开眼睛，让你通过这一眼，陡然明白，你在世的辗转，忽晴忽阴的时日，都于瞬间失去重量。

那种盛开，冷清，决绝，带有不悔的刚烈，又兼备着一种柔婉，缥缈出尘。让人禁不住想到曾经白衣胜雪的少年时光，丰神俊秀，星眸冷寂。

说是不争，却闹了春的开篇，闹了自己的小半生。这样的花，叫兰，更胜似白玉，是性格鲜明的女子，兀自等待。

前生曾有怎样的故事，今生才在初春里落单着也热闹着。没有计较，没有恩怨，那般凌厉地开，带着笑。这样的女子，周身空阔寂清，她所需的也只是这样一份空阔寂清。

这就像朱天文那“一段赶赴25℃的路”，是自己的美好的寂寞。

那样一条坚定的路，为的是侯孝贤。张爱玲与胡兰成造就了朱天文的“张腔胡体”，而侯孝贤则是朱天文事业上的贵人，更是她内心的贵族，敬而不远，彼此通透。

在朱天文的生命中，《海上花》创作结束后的那通电话成了她生命中永远割舍不开的热闹与清音，她自始至终都深刻记着他在电话里的话，“我在25℃，希望你在。”

简单的一句话，朱天文听后，合上剧本，她在那一刻里独感觉周身静谧而美好，仿佛静世，只剩下他们两个人，在等待一次值得永远去纪念与珍藏的相逢。

所以她才会说：“突然觉得人生山长水远，却只有这一段赶赴25℃的路上。”他是她空阔寂清世界的热闹，是喧哗世界里的清音。而她，是玉兰开满初春，便心满意足。

在初春的季节里，我想，再没有一种花像玉兰一样，把清冷留给自己，把笑意留作你归途时的栖地。

然后你端坐她的花香之下，想象自己的后半生，也会对着那样一个如玉的人笑。是的，我对你笑，希望是我与你无比辽阔的一次交谈。像白玉兰对着繁盛的春，对着高天，对着清风。自有阳光在，白玉兰的色彩在阳光下徐徐粼闪，守候你的未竟之旅。

如果我还在途中，那么我一定为这一树的兰写一首诗，这诗唱着与你清风相和的爱，像一辆单车，一件薄薄的白衣，与一段单薄的旅途相遇。然后，总归弦弦关山地遇见你，已是迢迢熠熠的恩赐。

紫藤挂云木

我觉得紫藤是从翻阅一本诗词开始萌动的，你在某一个词上稍稍沉有意绪，她就从书的夹缝里不避人似的旖旎地开了起来。一直开到绣阁佳人的纱窗，开到镜台，开到翠篁，开出一炉香袅。

紫藤挂云木，似有凌厉之态，在春寒里纵情开放。那一片紫，不像是春的颜色，倒好似是童话世界里的精灵。静心与这一片紫相处，犹如与往事对望，有些孤寂，却心神自怡。

紫色不会讨好，她是一种气焰，不唯唯诺诺，孤傲冷静，高贵神秘；是层层绛裙，款款回忆，繁密庄重又不失洒脱。

少年时喜欢桃花，得满山满眼，一簇太薄，在舌尖上一霎化开。之后很多年喜欢蔷薇，攀着树，攀着墙，偶尔攀上窗口，轻轻盈盈的，像大唐过后留下的梦蝶，盛世孤清，依然念着旧情。

我看紫藤并不多，起先对紫藤二字生出太言情的感觉，像缠缠绵绵剧情里的人物一样，要不悻悻然，要不戚戚然。

待我真正好好去欣赏着看，才又感觉那一挂一挂，不牵绊纠结，不怨愤离愁，簇簇幽情，坠着邀约，又坠满葱茏回忆，是一腔腔铄骨销形情怀，攒满了蝶舞蜂喧，也攒满日月光华。

你若置身初夏的紫藤树下，密密的枝叶间跳跃着几只鸟，阳光格外清丽，像孩子的眼神，从枝叶间穿过，鸟就跳跃成五线谱，仿佛你随手一拨，就有哗啦啦的歌声流出来。自然有风来，缓的风，急的风，将紫藤花款款垂下的枝条摇着，是一曲自在悠扬的舞，美人才能跳出的舞。

你静坐出神，香气一身。谁说紫藤无香，风送来，鸟衔来，枝叶间的阳光都是香的，香留美人舞。

一句“紫藤挂云木”，是读不尽的意境，再多的诗词都难有这一句的美意。所以，紫藤才如此旖旎地从一本诗词里开始开了起来吧。

尽气力写紫藤的古诗确实不多，传神的就更少，大多是一笔带过，很有些不解，倒是画作不少。是紫藤更宜瞻观，意境不深，还是紫藤浮华，优雅不够?

可我总感觉她就是深闺窗前的佳人，一个人静谧的欢愉。

那些佳人久居一室，太红招惹羡妒，太白又相映生厌。紫不同，她深重有礼，既不过分张扬，又不轻易疏远。

紫藤垂下，仿佛垂下一串串婉丽的辞藻，那些等待的愁绪在一派幽邃里流盼着，佳人在炉香前研墨弄字。风一吹，字就乱了，就皱了，再望一眼窗前紫瀑，那何尝不是锦书。良人不来，好事不近，又能怎样?依旧日日檀口香腮，看月色团圆，兀自珍重。

看紫藤一定不能只看花气袭人流苏一般的穗，还得看藤枝，一定要在架下，最好离根部老藤近的地方。

先看老干，再看老藤，虬曲而生，有龙貌之尊，有沧桑气韵。越是年代久远的老紫藤架，越是开出一派盛装，不拒人千里，却用馥郁邀约一样的。

几年前住的地方，每次回家经过的小区里，都能看到一串串紫气升腾。哪天有时间随处走走正好经过那里，我都要在紫瀑下蹲一会儿。像是来为某场盟约守一守，才能安心。

百年树龄的老紫藤却是没见过的，听说南京有很多，莫愁湖的胜棋楼和夫子庙瞻园内各有一株数百年老龄的紫藤，而在六合区唐公山脚下的四合紫藤园内，则有 30 多株均在 400 年树龄以上的，有的甚至已经有近千年了。而在这数百近千年的时间里，你不见花事蹉跎，是因为有热闹有盟言供养。窗内佳人，仍在侍弄笔墨，那一卷尺素，不问新词旧曲，仍是日日迤逦地写着。

当然也盼着，只是心气低朗，风过处，紫藤葱茏轻响，环佩叮当，日月便丰姿绰约起来。一挂一挂，不牵绊纠结，不怨愤离愁，相反，袅娜情重，恩侍盟言，不生倦态，不顾薄幸，真的是隐僻深幽里的独自热闹。

禅房花木深

我用几笔瘦墨，在宣纸上写“择一日”。这三个字，素朴幽微，是空谷幽兰，清烟长空，说不尽的况味美意，如凌风披月，泉声应谷。

喧嚣世间，与自己静处一日，剪掉纷扰，剪掉奔波，剪一幅树影瘦马的人生。或去离唐朝不远的春天，去离宋词很近的秋天，去野花深处，去诗人住过的小木屋，清风明月，清远净美。

我也写过这样的美意：择一日，如过新年，掸檐尘，心地澄明，一轮月，一阵风，一个自己的朝代，再回望，往事很深，旷达深远。

所以我愿意，择一日，披一身清晨之光，去深山，或去古寺，让心与一段时光朴素相融。那里很静，光像从刚作完的画里流淌出来的，一缕缕，清新得让人无所适从。

偶尔有风，同样很清，树叶沙沙，从高处倾泻下一匹匹胜似绸缎的乐曲，幽幽缥缈，是天上的云弦，被飞过的鸟鸣缓缓拉奏。

这时穿过的林越是高，越有旷远清质。你走在其中，人顿时洒洒无羁。所有的俗世烦扰都不在身上，你物我两忘，逸兴飘飘。

此时，古寺钟声苍凉响起，却似老潭的水，深沉中有享受不尽的清凉之气。停下脚步，选一块草席去坐，身边有野花簇簇，你会看到总有几只绿鸟衔着清澈的天籁之音，在林梢跳跃。这一山的风光，最懂鸟儿的性格，犹如风雨沧桑中，见证唐宋美丽的韵脚。

山水是一部书。枝枝叶叶的文字间，声声鸟鸣是抑扬顿挫的标点，在茂密纵深间，一条曲径，是整部书最芬芳的禅意。

春风翻一页，桃花面，杏花眼，柳腰春细；夏阳读一页，蔷花满架，木槿锦绣、合欢幽香、蜀葵闲澹，一派峥嵘；秋风传一页，海棠妆欢，野菊淡姿，高远深邃；冬雪润一页，水仙临水一词，腊梅素心磬口，向爱唱晚。

而能走进这部书，得找一径，一径曲幽，置身其间，不走都如行云流水，洞明开阔。再看这山光，一景一情，如诗如画，你就那么闭着眼，云在肩头似的，还需要说什么。

人生兜兜转转，百转千回，与一些人，与自己的往事，都可以如此静谧相和，此时需要的就是朋友笔下的境界：缓风静香，相坐不言。

朱肃先生在文章《眼前山水》里说，山，其矮如我；河，其瘦似我。我不在乎它们几百年后是否依旧，我只在乎，一个散步的早晨，我的心沉落河底，是否成了一枚鹅卵石；也在乎我的心一不留神被乌鸦衔去，遗落在山中某个地方，是否扎了根，发了芽。

我一直默记着这一段，人生万千个日月，却如蝼蚁，在一粒尘埃上，行走了八千里路，却不知归路。至爱，情深，孤寂，纠葛，甚至把盏，唱江湖笑，到头来都是一场戏，投入了，却没了自己，临时披装上台，演不到剧终。

而真正能找到那个让自己扎了根发了芽的地方，却是在山水间，在旷古的一座寺前，芬芳的一间禅房里。

曲径通禅房，禅房花木深。不是这景色有多令人神往，是走得悠悠散散的，心灵清和，往事款款，不争，亦不言。是自己从来不曾触摸到的风骨，是花树温婉，一岁一枯荣，怎么都不计较。

置身其间，当你忽然感到清冽，你才能领悟这禅的房，这一花，一木，一风，一水，竟有着那么深沉的美意。

而当回归滚滚红尘，我们需要的何尝不是这样一份美意，需要“择一日”，走进自己心灵的山水，心灵的禅房。

如此，才能在喧嚣的世间，听一回风声，读一回花语。

世间总是有人懂得关怀，所以才会有人写道：胸间蓄水，心底植竹。遥想，鱼衔花影去，风送竹响来。

少年时的笔记本上，最喜欢“如水的向往”这五个字。那是怎样的一种执念，有不贪求的随遇而安，如水的流向，与自己自然相处；亦有柔肠百结的梦想，心事幽微远在天际。那应该是属于少年时代特有的一种气质，是清扬贵气。而季节无情人已发如雪，揽镜时念这岁月已是晚景，心下荒凉；偶用浑浊老眼再看这熙攘世界，心下因有洞明，又觉得苍茫而不失意，如山间有着苍翠苔痕的溪，依然清扬自流。

心应有一间花木禅房，听梵唱，闻梵香，花木各归歇处，夕阳正西下。

人生常是这样，“读倦了诗书，走倦了风物”，“离了家，忘了归路”，水依然清流，心却难有自己的寓所。风弦，日月琴，心种花木，修禅房，再弹一曲，弹开额头皱纹，弹破世事老茧，即使岁月晚景，但更漏似莲花。

花插净瓶

特别喜欢“净”字。

“混沌散开，污浊逸去，无喜无忧，无生无死。”这是大净，是生的境界；“风烟俱净，天山共色。从流飘荡，任意东西。”这是一个人悠然自得、淡然大气的气质。对我们凡人来说都是很远很远的佛音。

于情感世界而言，这净，是自怜自惜的底色，任你惜我弃我；是马蹄扬起尘土仍清流自许，任你见我不见我；是睡莲唱着汲水的歌谣，任你宠我薄我。

春日的山林处处是净，鹅黄嫩芽素净，瘦绿溪水碧净，就连鸟声都那么干净。流连其间，想那些青灯夜雨的晚上，心怎么就被俗世烦扰搅得混沌不堪？而人的情感世界却少有这样的春日山林。

窗前有沉香，气息如花，缓缓敛静，佳人本该在梦境，犹如海棠春睡，这时却恍惚惊醒，满目怅然。窗外斜阳朗照，竹间小亭有花影摇动。若是心无杂尘，这将是多么气韵生动的境界，相比逶迤起伏的山壑峰峦、岚烟叠翠的茂林密丛，它自有一股灵郁秀美之气，是水墨几笔，勾勒幽清之意。只远远于窗前看上一眼，自是心神一派清丽。

可是不遇良人，好景虚设，更添惆怅。夜色渐浓，这惆怅早已如化不开的墨，只好挑了几缕，应景似的在团扇上走笔。为什么他迟迟不来相见，门阶无足音，只有一地落花，捡回插瓶，冷寂寂地开一会儿。

心有沉香，即使斜阳薄透，风送竹响，仍能与一份素饭粉汤中，清香袅袅，花影连连。这样的一份素净，已不单单是一个人的心境了，更似圆润圣洁的信仰。

倦意人生，常触景而生悠思，生怨意，一株花，一条花径，一弦枯冷的音。身边晴波流转，槐云满庭，不与相见的人，被剪径者剪走了似的，只有莺歌婉转燕声呢喃。

看朋友的博客，看到她写“相见”的话题。她说，想着一个人的时候，可以把他（她）想成自己想要的态度，比如，如你一般的彼此想念。

这种态度很干净，干净到只是自己的一厢情愿，与他人无关。

而这个“净”字，又多像两个人的手要牵在一起了，一直在争取，或争斗。万千叮咛他要视你如珍宝，千万要彼此珍惜，可是最后往往这叮咛成了嘶鸣，成了拴不住的行程，与一曲柳哨的凝咽握手。

以前看过一对老人的“相见”。是在沈阳火车站那条拥挤的街上，我正走着，看到眼前一个破旧的小楼二楼窗口探出一个老太太半个脑袋。那样子很着急。

回过头看到一个老头慢悠悠地踱着步子，我想他们一定认识。我放慢脚步，老头从我身边走过，直到老太太要看不见他时，才喊他的名字。语气里有试探，轻微而带着急切。

老头没听见，走过那个小楼，老太太看不见他了。她一直喊，想放大声喊，但老头还是没听见。等老太太下了楼，老头早不见了。

我不知道他们的往事，但是我敢肯定，从这个老太太的眼神中我能感觉出，刚走过去的老头可能是她以前爱过的人。因为那么大的年龄，眼睛里还会有清澄的水泽，不是爱是什么。只是，他们可能真的很久没见了，可能是一辈子。这一次错过，再没下次了。

无从知道老太太之后的生活会怎样，或余年挂念怜叹愁长，或风定帘垂继续过日子？在看着老太太一人落寞蹒跚地上楼后，我曾后悔过，当时为什么不帮她叫他呢。多年后，我却觉得，这种“不见”未尝不是他们的一种牵念的情谊。

可现实中，大多人内心充斥的还是怨愤，难有这样的情谊。就像这首《春暮》，良辰美景，衬托的不过是一个女子的怨春之情。特别是这最传神的两句，“戏临小草书团扇，自拣残花插净瓶。”戏学临摹的草书，写在团扇上，聊以自遣；拣些残花插入净瓶，却是满腹春愁。

我不喜欢这样的情怀，幽闭冷清又不能自持。我更喜欢幽深隐僻的内心，自有洞天，见花凋知半月是来团圆，见云破知琴音是来穿线。

我曾热衷地幻想过最温暖、最浪漫的相见画面：

有些人，就隔着几条街，但是，其中一个就是不会主动去见另一个。也许有一天，在大街上，在超市里，迎面而来，见了一眼，而后向相反的方向各自走去；或者商场的旋转门里，从身边擦过去的车里，你见他，他见你，一个照面，便没有下文。一场相见后还是各自东西，没有多少痕迹。只有那条街，那个超市或商场，那依旧不停旋转的门和突然瞥见的从身边擦过去的一辆车，可能在某个不经意的时刻里那

么温柔地在心底最深处，捞起一些东西，湿漉漉的甜美。这就够了。

古道迤逦而去，人间多落花萎地。心若似锦绣，朱窗小阁，自有一室花插净瓶的幽雅。

净，有天象不言的深邃奥义，有老死不相往来的深重情谊。隔着多少世，我依然在睡莲旁洗着你的薄曲旧词，依然在老地方养着你的瘦马蹄音。隔山隔水，朝夕不明，空间晦暝，但你仍是澄澈的光芒，几生几世，把我照耀，浑奥无比。

我道，欢将乐共来，长相思。

明月别枝

数一数自己的脚步，有多少是敲在一架蛙鼓上，合拍于声声蝉奏中，踢踏于风吟，于虫歌的简单乐趣里？

曾有一段时间，最爱做夜行人。拿相机拍着夜的景色，孤独的路灯，或偏僻处一间草房。那年冬天，西海岸的深夜，我久久站在松林掩映下的一间木搭咖啡屋前。那时路灯投下柔和的光，咖啡屋已没了夏日的浪漫气氛，没有漂亮的太阳伞，没有浓郁的情歌，有的只是冷寂。

透过咖啡屋唯一的一扇茶色玻璃窗，看到屋里已无什么物什，一张桌子上，竟然放着一个咖啡杯。在这个咖啡杯上凝视很久很久，心里不禁自问：谁让我站在这里，看到我的流离，看到你用一杯遗忘的咖啡，冷掉我们的过往。

那时自然想到的是感情，但也想到自我处世的一种态度。为什么繁华之中，即使几缕微笑，总也感觉，那是老掉的年龄，所以总是想出走，想远行。

想起每年夏天，路过这个咖啡屋时，总会去看那些漂亮的太阳伞。它们是简单的黑白纹，不粗不细，也一直很光鲜。仿若时间从没光顾过，褪不去一丝色泽的。

伞下会有零零散散的客人，但大多是成双成对的。或者是一些对过去怀有敬意的人，三三两两围坐。咖啡喝不喝倒无所谓了，但脸上

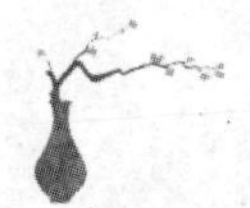

确有着一样褪不掉颜色的浅笑，是暖的黄，里面有清凉之气的，是安定魂窍的。

我眷恋着那伞下的时光，一日一日，在路过的时候，停了下来，舍不得再走开。会失神，会伤感，会向往远方某个类似的地方。那里有安闲的时光，和空的座位。但是没有我。

这样的心思是不能跟人说起的，我偷偷藏起，还有那一把或一束安闲的时光。

可我藏不起的，是惴惴的不安。因为我知道，在这样一个安闲的地方看过去，我看到那些来不及浪费的青春和光阴，它坐在那里，白发苍苍。

是的，从日光煎煮的人海中走过，看似坚不可摧，其实内心早就溃不成军。忽一夜，月色溶溶，挂在枝头，才发现内心掩藏的伤口，被轻轻抚摸。

那月光，是包扎伤口的手帕，是疗伤的药。

透过阳台蒙了尘土的玻璃窗，依然可见月色皎洁，静谧安详。似乎世间无纷争，无酸楚，眼前只有宁静的世界。

本来挂在枝头，可是一眨眼，已悄然西移，禁不住在心头念起：明月别枝惊鹊，清风半夜鸣蝉。惊的何止是鹊呢？那尘世兜兜转转的心，此时如老茶，泡在一杯月色里，渐次舒展着枝叶，灵魂的清香自在地走出来，在清风伴奏的蝉鸣中悠闲地散着步。

要去哪里呢？

今夜，我只想做一轮明月，一路照见花朵，照见土路，照见某扇

细心地添一草一花，添一风一月，爱着的每一个日常，
都会开出花来，也许它的名字叫『花喜悦』。

花从远方寄信来，不写相思，只把香香透。

你的念，一定牵着花香，顺着门进来，敲了敲门，
此生此时，最美不过是有个旧人在门里等。

你是光阴笺上那干净的一枝，开着不悔的相思。

窗口一件干净的青衫，照见浪花的车站，照见稻花香蛙声一片，照见深谷幽兰清水莲风……

或许，我们处世，少的就是这样一份皎洁的心意：明月别枝。

看过一个身处病榻的诗人写过的一段话：

我两脚风尘，衣冠憔悴，鬓角霜重，忽然惧怕，怕听流水淙淙，怕听马蹄沓沓。

唯我，唯我一路上离奇跌宕的履痕老不去，风化不去，主角是你，一株载载飘香的山花。

如此深沉，是因为访过山野，也许半生都消耗其间，但我相信，即使两脚再也迈不动了，他的掌心里一定还住着去年的春天，那个春天没有名字，满野山花却认得它。

而那种怕，是因为那淙淙流水，那嗒嗒马蹄让尘世的自己，再也无法隐姓埋名，怕的是，再也回不去，那野趣横生的山路，那明月枝头的夜色，那半夜蝉鸣蛙声的乐曲，会念我，恨我……

总有这样一个旅人，粗粝面容，睫毛上一挂山川，指尖开出流水送来的落花，眼神风景如画，掌心里条条高天云路，走的是人烟袅袅，住的是浣花溪桥。日光倾野，麦菽稻浪念的是家信，夜色浇衣，明月清风送的是古诗。

芦花明月

看张悦然写的“变老”的话题，说她见过老得很可怕的人的模样：穿不合体的衣服，目光油腻腻，聒噪而善辩。看着便心起老意。似乎是自己，被人窥见。

我没有深读其意，只是被“不合体”“油腻腻”“聒噪”这几个词攫住了。岁月深处，是什么让一个人再也不关注自己的仪表，是什么让浑浊老眼不留下最后仁慈的一点清意，又是什么让他的生活充满杂音而不自省？

虽然我更相信，优雅的老意当是我写过的：年光不饶人，懂得放下，芦花明月地回家去，半是白头，半是清心莹澈。

我愿，老有此意，尽头坟处有清风。

除了自甘败落无所顾忌地老去，我想，能让一个人优雅地老着或者变成不堪的老模样，大概不过就是，有情饮水饱，无爱催人老。

《半支烟》里的曾志伟因念着一念之旧，即使老得成了一个谎言，老得成万人可笑的笑料，但仍让人看着心起暖意。

穆涛先生写散文心得时提到过，往事、故交、旧物、不老情，都是鸦片，不敢轻易去碰。念旧是走私，都有各自的秘密通道。念旧容不得假，走私的人，怀里揣的，腰上绑的，内裤里夹带的都是真货。

是的，这一份最后的真，大概是仅存的一份雅意了。时时念起，其实已是日日放下了。一回头，一老意，芦花一夜白如雪。

值得念的旧，旧人不过是低低的一花开，终是尘埃；旧物又不过是岁月的一处迷藏，最后找不着；旧事则是窗前风，哪一缕都不是全貌，最后撕扯着远去。

只有自己的心境上的“旧”，是发黄的老照片，微微透着一丝甜蜜，一丝遗憾，却越发珍贵；是一首老歌，轻轻吟唱，风吹不跑调，月洗不薄词；更是一件少年时代的白衣，虽有点滴渍迹，磨薄的痛处，但穿起时仍然合身；是目光浊而有水意，如深山密林一眼泉；是静世绕身，听一鸟鸣，一风琴音，看取莲花净。

如此心境，得此心意——“昨夜西风凋碧树”是老意，“山长水阔知何处”也是老意。

记得去年深冬的一个晚上回家，刚上了几级台阶，碰到一个男人和一个孩子下楼。小孩子有说有笑，经过我身边时突然放声问：你是谁？把我吓了一跳，不知如何作答傻傻地继续上楼。直待又上几多台阶后，我在心里说：夜归人。

这一幕，像一首朴素的诗，是我之前从不曾拥有的意外。不曾拥有深夜的一问，不曾拥有自视内心的一答。只有明月照旧，旧人，旧事，旧物，但愿留着这一份“清心莹澈”，不看穿自己那些明明灭灭的过往，也不丝丝绞缠，“明月不谙离恨苦，斜光到晓穿朱户”，如此便好。归去来兮。

秋夜有雨，在窗前随手翻书，翻的是一本泛黄的唐诗，1992 年出版的。也没寻章摘句，因为顾不得，书里尽是旧时风物。两朵牵牛花，还染着缕缕薄而旧的桃红；一丛叫不上名家乡常见针状植物，枝叶纷披；

有三只蝴蝶，小，翅膀上还有旧梦一样收在书页间睡不醒。

心在这一时，是有些恍惚的。这些旧物该是少年时期一首首的说愁新词了，夹在唐诗里，如留在前世。

耳边雨声似往事的回音，隔在窗外。时急时缓，时乱时静。这样的往事，如同一篇久远的清词，墨气淋漓，偶尔急促促的，像氤氲着要重打草稿。有这样的感受，大概是因为往事被疏离于自己的记忆，捡不回来，便心浮气躁起来。本是苍茫阔寂的，相携一生的气韵，即使带着老意，也要透亮地来，这才是该有的静好细水般的往事，寂静而行。那些往事，如同旧书里夹着的时光，细到手指飘雪，细到读一句就疼。

就任它夹在书间，不曾翻阅，亦不曾记起。书间芦花荡，世有月光。

旧的东西，总是泛上了白泠泠的青光，是千年月色洗过的，即使一幅春暖花开的大写意，终究是，“丹青不知老将至”。

往事已被世间月光作旧。如果还愿拾笔画一缕旧貌，画的也只是与过往黑白相间的分明，即使能画出前生今世的方圆相合，画得出一段秀拙相生的旅程，可是低低回首时，最怕的不过是，有那么一刻的心境，看得见“燕草如碧丝”，而更多的时候，眼见的已然是“秦桑低绿枝”。

原本，往事就是有节气的，燕草方生，秦桑低绿，怀之谷雨，念时已白露。

春深半夏

喜欢"春深"这个词，因为觉得它是古代最含蓄的风情。那该是最后一场薄雪的夜，一条隐秘的小径，一盏灯火，照见窗内读书少年酣甜的梦。

书页幽静，拢在袖中的诗文也词词相拥而歇。他还不识愁，更不知青镜摩挲、白首蹉跎的人生节令，就那样天籁寂静地睡。

春深是要在水村山郭，才能一览梦里梦外山色围屏的幽静，才能邀一轮清月进屋，共赏一树桃夭睡意绸缪。

这一时，你听那浅浅的呓语，是桃一笔一画的书信，饱蘸着从诗经里流出的胭脂河的水，叙着旧梦如欢地写。

早莺新燕、乱花浅草，春在一夜间就掠过阡陌，被诗句拦截装订成古卷，"春日迟迟，卉木萋萋"，那些峥嵘花草一如使者，唱着颂歌。

此后春深，犹如佳期幽约，繁密香砌。既有热热闹闹的纷绕与阔绰，又有隐隐约约的惆怅与隐忍。

唐代储光羲的《钓鱼湾》诗里有"垂钓绿湾春，春深杏花乱"的句子，其中一个"乱"字，写尽了杏花的俏气，这时你若穿行这春深处，它落了你一肩的白，你会被这纷纷绕绕的圣洁感动起来。

而读白居易的《和春深二十首》，不得不叹那"何处春深好"的气象万千。凡事及深处，总会有另外的景象，更具深邃与思省的力量。

比如杜牧的《赤壁》里“铜雀春深锁二乔”这一句，比那一支古老的断戬沉落在江底更凄凉惆怅，这春深日久便幽微薄凉又绵远无期。

在现世，“春深”更多的是一个人静默的日月。

春和景明，婉约风姿，再盛一杯浓浓月色，畅谈得意人生；杨柳细腰，蝶舞蜂鸣，再拥一怀花香软语，欢醉美景良宵。

这一派风光，被多少人憧憬神往过？直待某些路走尽了，人事都恍惚起来，突然于某个清静的夜里，望见窗外枝繁叶茂的树或几束簇拥芬芳的花，才一下子感觉周身澄明而辽远，是大气的意象，看穿那纷扰熙攘的纠葛与奔波，原来有着如此不堪的凌乱。

由此，心也逐渐趋向静默。这静默，又似一场盛大的花事，开在隐秘山林，开在季节之外。

梁朝沈约少年时代孤贫流离，因笃志好学而博通群籍。据史载，他特别好学，母亲怕他受不住，常常减少他夜里读书的灯油，撤去取暖的火。

他是冰丝这个美丽传说的主角，说有一天在书房里温习，一个携带着织丝工具的女子进来，这时风吹起窗外的雨丝飘进屋来，只见那女子绕雨如丝，绕了好几两后送给他，说这物叫冰丝，可以织成细绢。

女子消失后，沈约将冰丝织纨制扇，到了夏天，不摇自凉。特别喜欢这个“绕雨如丝”的传说，为志向而能安于春深处，才能得到自己的清爽世界。

世间的任何事，也莫过于此吧。情之所困，不过是辗转幽怨而无法自抑。或牵牵绊绊，杂草满径，或空空荡荡，荒园故曲。

越是爱得盛密，越是怨得深沉，也越是苦大愁长。倒不如那一句

“谢谢你赠我空欢喜”来得更磊落与深邃，寂寞又美好。它是千帆过尽，仍有山色入画；是哀而不伤，心有澄澈。

更是春深幽静，自得惬意畅美。依旧行于尘世，但能保有一份阔寂的心，而又能时时从其中获取丰盛的美意。虽然不被人理解容纳，但仍能洞明开阔。

这就如同梭罗在他的《瓦尔登湖》里写过：一个诗人，在欣赏了一片田园风景中最珍贵的部分之后，就扬长而去，那愚笨的农夫还以为他拿走的只是几个野苹果，诗人却把他的田园押上韵脚，还用一道肉眼看不到的篱笆把它圈了起来——他把精华统统归为己有了，只将最没有价值的部分留给了农夫。

“春事到清明，十分花柳”，可是，一方心天，春深睡起已半夏。虽然错过很多美景，但独具深沉的况味。一如那个少年，错过桃之夭夭，但梦里粘了一衣的锦字，不愿醒来。为他这缱绻的梦，年年桃花，灼灼其华，为他开遍。

留月松房

山沐细雨，冠清风，一派随意气象。燕雀于其间自得天然自在，日日故地旧游，夜夜梦深睡安。

人却难得这样的境地，偶尔于深山阔绰的寂静里发发呆，恨不经年永逸地住下来。建屋劳作，周身也得阔绰的自在。

有水塘最好，塘上建木屋，漂在水中央。

要用浮桶系木筏，像钓者系鱼钩，任日月跳丸，光阴脱兔，定能钓来自己的疏日朗月。木筏上松木起梁脊，钉子小心钉，木纹里灌着松涛，是用来与月光邀约的，不能扎痛而碎开。

麻绳备几条缠绕门扉，得找老家老爹粗手撮合，交缠进乡音，偶尔想家时给老涩的眼泪听一听。

马灯早有一盏，已粉刷过墨般的油，晾干七八年，有薄雾时亮起，为此间打湿的往事寻条回家的路。

开一扇小窗，粗藤条爬成的就好，风吹雨淋，凛然而沉默似铁，平时里，听屋内沉寂，又恰如款款深情的草书，水绕青山，气韵连绵，意境方幽，使着劲旖旎顾盼。

一室再填一桌，摆上几本书，不必看完，闲手翻翻，每次都能看到一个词张罗翅膀打开隔世日月。

再置一二泥盆花，买不来，就跟山土借野菊，养不好，菊自开幽邃佳期。清风再来与泱泱水意舞上一曲，明月照见屋如小舟，摇摇摆摆的，于清荧荧水波里做着慢腾腾的梦。

再栽些水果树，有水养，水果生得漂亮，不吃，只看看都好。

葡萄要种，先得做足功课。塘边建茅僧亭，掺进一种胶样的土，石头垒柱，上搭茅草，石凳石台要有，需费点心思砌就。古朴原始一如黄昏里走来的僧人，拖着未修好的尘缘不知要去向哪里。

亭一侧要有甬道，两边木柱列岗，中间植上栅栏，低低矮矮不必讲究。木柱上架条，便于藤蔓攀爬。葡萄就从甬道那头连着山根的地方种起吧，这样避寒取暖，才能不愧对那一句“金谷风露凉，绿珠醉初醒”。待到几个夏日，藤蔓连成阴凉地，抬头就是绿珠盈盈。

樱桃难栽，但仍于亭不远处辟一园，凡俗地叫它流年园吧，只因杜牧那一句“流年如可驻，何必九华丹”。不必多，三五株，成活后硕硕累累吃不尽的，挂念养气养颜又温香满口。

桃树植于远处山坡，多些，要不《诗经》里的人经过这里，不够赏不够吃的。桃花开时一定要多眷顾，远在亭里看，或舟屋里赏，避心中邪嗔，心静而幽明。

枣树再种两棵，与樱桃对望。要直耸耸有参天貌，可以爬上爬下，鲜熟时树上吃，有鸟在啄也不惊。有场风雨会落一地，捡回多少是多少，过季前用长杆敲，一冬天的温枣水补血怡神。

到这里，并没有完，但一切一如方文山的词里说的，我一生在纸上，被风吹乱。突地心已凉尽。

可这远山远水的痴想，只因有那么一霎心念能安抚忧伤，所以这臆想的寓所更加传奇。尘世情怀，往往是“两厌厌风月”，而这一霎，半世情愁，一身千里外。恍恍惚惚的，与山峦落落对酒歌，我醉躺山屹立；与风声密密写旧词，艳艳吹散尽。

从此，留月松房外，满山的岁月，残照茏林，幽静深渺。

提一壶秋风

山间素月，在城市一片失眠的睫毛上旅行，倦了，睡在有灯火的阳台上。八千里路的梦才飞起便被节令的风打湿，凝成清香的露珠。节令是山间的图腾，一朵云的韵脚，一片风的心弦，一株植物的歌唱，这才有了虔诚的灵魂。

而风，是使者，负责写山间草木的史诗，用带泥的双脚，寻你流落城市的文章，怕你忘了回家的路，身后给你留一路泥香的脚印。所以，一颗月华露珠，在清晨初阳里，急不可待地放飞十万只信鸽，向山间一夜星落清瘦的小路，一夜霜飘鬓白的柴门，报个平安。

而风中，以秋风最沧桑，写绝响的碑铭。

写云在一片葵花里绣锦书，在一方雁阵里送了又送，又在一场场雨里湿透了相思；写月光在一扇窗口发芽，在一方巾帕上开花，又在一片片影子里凋零。

写满山坡的油菜花的皱纹，写十万大山的盛装被时光的鹰衔走，写嗒嗒的马蹄声里瘦瘦的《阳关三叠》，写心上人埋掉的那颗滴泪痣硌痛亿万年土地的骨头，写长长的水路淹过连绵土路又从分别的桥头飞回来……

秋在袖子里磨刀，磨出“嗖嗖”的刀锋。

削细了野有蔓草的相遇，削细了满坡丛生的歌声，削成一截怀想的拐杖，却怎么也走不近细水长流的河；削细了骨子里的大漠孤烟，削细了血管里的长河落日，削成了一段追忆的铅笔，却怎么也写不出彼此的大好河山。

秋在书页里泛黄，泛出了旧人旧事的老照片，秋风一起，十指飘雪。

寂冷的怀念，却是最古朴纯洁的心意，不沾染浮华与尘烟。夏日去深山，要是偶遇一座茅屋，你就能一霎断定那是记忆寓所。

那些淡泊了一生的花树，于篱笆旁高低错落，能蔽翳云日，走进心中便升腾出真正的恍若世外之感。否则毒日焦灼，心神总不宁如在世间。

其间草亭，像农妇打的毛线结，歪歪扭扭没人能解得开。那是一段往事的结，打在那个穿走毛衣的人的记忆里。亭上草可历旷岁弥年，在一片片花影里清贫如洗但恰好与深山那清寂相伴。

这时候，提一壶老酒，打开身体里的歌声，唱不开嗓，但满山的石头，满山的话，一杯浊酒喜相逢。

我们的世间，四季漫淌着煎煮的热浪，人心被夏日欲念烤着。提一壶秋风，和山间朴素如睡眠的草木，结交一场，让心神有一处清凉，让情感有一处静谧，让微笑有一处明亮。

在这宁静的结交里，才深深懂得，云破了，月来，梦碎了，醒来，自然是场旋舞。提一壶秋风走在世间，阳台有素月，墙上挂着你的毛衣，再说爱你，也该是最美的山河。

山色如娥

相比阔远的海而言，我更愿住下的是山。

山是海的骨，是一生呼啸沧桑的尘终于落定。偶有雨来，雨是离人的睫毛，偶有雪至，雪是旧人的信笺。

多数时候，一如我说过的清风明月相和的从容与娴静，再体味一下袁宏道在《冷泉亭小记》中说的“涧水溜玉，画壁流青，是山之极胜处”，所得尽是自然的美意，一下子指缝的光阴都会变得温润起来。

青山有骨，风雨如晦也不改其性。

偶有飞沙走石的怒气，更多的则是敛韧静穆的胸襟，含蕴内敛。其间的密林，是繁茂的往事，你穿过或静坐时，便能感到自己是个澄静饱满的人。

那些骨瘦的情事，从此不再被你怜悯，被你惦记，由着她被风从生命的枝头摘走，被远处的鸟声衔走。不被怜悯与惦记，是一个很薄的梦醒的凌晨，你仍能安心躺下，看眼前身边的人安睡如婴，萦绕着一方逸远的世界，你自枕石漱流。

一生一定要带一个人去一座山。

同是袁宏道，还在《昭庆寺小记》中说西湖之景：山色如娥，花光如颊，温风如酒，波纹如绫，才一举头，已不觉目酣神醉。

湖依着山才能共色，于深山见一缕小溪流也不比西湖逊色，如此说来，这山便是人心中那片湖的依托，这描写更是爱的细节。

进得山里，茂密林木，瞬间就能照见彼此爱的深浅。越走越有野逸情致而幽处纵深者，才得见那“山色如娥，花光如颊”，那情便是“温风如酒，波纹如绫”，一个眼神一个动作，都令彼此“目酣神醉”。相反，即便手牵在一起，握得再紧，却总是见一步一荆棘，一步一泥泞，天色尚早，心已是下山路。

在山里要住一夜或几夜。夜色是古诗人放养的句子，有缘的两个人才能一起读到。

尽山尽水的词要读，但初入山，还是先读些风情不迟。读来读去，读出的都是心上这个人。《诗经》里“有美一人，清扬婉兮”，她于林间光线里“巧笑倩兮，美目盼兮”，一天便心神爽朗。而于一片柔滑的溪水边读唐代李群玉的“裙拖六幅湘江水，鬓挽巫山一段云”，再抬头看看天，往事也亮了几分透了几分，都化成指间醇醪，伴她与清风共醉。卧醉花影，她便如《西厢记》里的描写，“行一步可人怜，解舞腰肢娇又软，千般袅娜，万般旖旎，似垂柳晚风前。”

一个人与山水里偶遇的是花树清风，邂逅的却是自己的往事尘缘。两个人与山水相逢的是彼此的心，且行且歌，风霜清澈开来，日月团圆一起。

忽然清冽

古时纸窗灯火半宿的相思，两人是隔世的花，最美在那一刹那的相逢未开时，却一次次给他咬上一肩桃夭，相思无绝。

仿佛初春的溪流，溶溶的清和瘦，且干净得无尘，水骨一缕，旖旎而去。自有风情的一朵无名小花，在溪边簇春而开，热热闹闹，清清悠悠。

这样的爱，得心意清明又孤寂的人来续，青衣一生，水影薄透，仍半宿花房，细香满身；这样的两个人，新愁也有，却是旧相知。

古诗中的相思多是清愁伤怀，李商隐的“春心莫共花争发，一寸相思一寸灰”，纳兰性德的“凄凉别后两应同，最是不胜清怨月明中”，都写尽了这相思的苦愁。思而怨而愁而凉，怪不得凡心俗世，两情难悦。人久处闲宵，如置身荒野，茫茫寂寂，心境如撕扯身上衣，赤裸裸，即使没人看到，也觉颜面尽失，羞耻难耐。所以相思苦。

由此，我也总觉得，这样的爱得似春水有骨，才有清欢。那骨，温和节气时，是刺绣的针，锦口衷言，针针流金，绣飞燕，绣鸳鸯，绣幽幽的云，绣清泠泠的水，更绣良人迟迟不来的脚步声；在这料峭的春寒时节，那骨便是一尾鱼，口衔鸿雁捎来的消息，在自己清冷的世界里自得宠幸。

还有一种爱，是一潭水，要在旷野深处，有草木环绕，有鸟啼蝶舞，水清蓝映着白云，闲情野趣的样子。

现世的爱，总是过多纠缠、曲解与不甘，难有静水清风。喜欢山里的那种静，静得朝露晚霞刹那就是最美的风景，静得如看过一篇诗文里说的光线都是腐朽的，静得什么都没有，无境则无止。

而一潭水，仿佛就那么禅定地收集着自然的一切，风霜雪雨，落日飞鸟。这样的潭，人往潭边坐，便坐成了知微翁。万事洞开，心游四野。

我曾风雅地给这样的潭起名“尘阒潭”。于其间，一粒尘，一缕风，一声鸣，都宽心寂静下来，仿佛入了梦，无声无息，自然也无争无取，更无挂碍。

突然想起好友文婷有文说，“借一潭水，能写几页情书”，不知她写时有怎样的情思，是幽怨抑或无奈，或者都有。但细细品味，这何尝不是一种释怀的心境。即使曾经万种风情，到最后都归寂似潭，这样的一潭水，再也不是用来写情书，而是自我持有的敛静安宁。

于爱，这是最后的归宿，是包容过，喜纳过，最后深不可探，留在心底。珍惜的人自知珍惜，也自知归处。

真该看看这样的一道风景，在深山里，不管是一条野味的小溪，还是一潭醒神的水。

贾平凹在《看人》一文中说：“在街头上看一回人的风景，犹如读一本历史，一本哲学。你从此看问题、办事情，心胸就不那么窄了，目光也不那么短了。不会为蝇头小利去钩心斗角，不会因一时荣辱而狂妄和消沉。人既然如蚂蚁一样来到世上，忽生忽死，忽聚忽散，短短数十年里，该自在就自在吧，该潇洒就潇洒吧，各自完满自己的一段生命，这就是生命的全部意义了。”

这是要切身地体会与感悟才洞悉的视野，而于深山旷野里看一回自然的风景，也能给人带来这样的视野。

岑寂之思，清风灌满一身，忽然就能觉得人生也好，爱也罢，都应该归于平常平静。忽然就感到周身清洌，此前的世间，所有的烦扰，原来不过是自己混浊难堪。

这种归于平常平静，不是不在乎，恰恰相反，是懂得，是包容，是大爱。

只有在深山里，在空旷无烟处，与清的水对坐，或与过往风声擦肩而过，才能拥有这种清洌，忽然之间的，你的岁月不在身边，在另一个地方老去，与自己无关。

在网上找张中行的《负暄琐话》，看到过书的封面，很简易质朴，当时并没有在意。后来看写张老的一篇文章，作者无意中提到徐中益为这本书画的封面，说三个对坐的老叟，貌古，好似闲聚于深山古洞、避世少忧的仙人，背景空旷得近乎无。这才想起那个封面左下角的一幕，原来藏着这般的深意。这个“无”，不就是一份野趣，一份心境，更是一个人孤寂的秉性，一份智慧。

我们苦苦寻求爱，期望拥有，常不得志，不都是因为我们把自己占满了位置。

那种清溪自流，深潭自静，又难修为，最后往往是琵琶别舟，一曲觞歌。可是，问莲莲有清音，问梅梅有傲骨，自然的性情总是那么让人感到清白。

又见有人总结说古代文人画寒江独钓，船上的渔夫画得很小，人隐于风景，孤舟蓑笠翁遂成点睛之笔。真是好，忽然清洌，这就是答案了。

清明净美

三月疏篱揽清风，转眼就要见繁花累累一挂挂。绿窗台，去年照样旧，一冬的大野荡荡，这个时候，清明净美。

择一日，如过新年，掸檐尘，心地澄明，一轮月，一阵风，一个自己的朝代，再回望，往事很深，旷达深远。

冬春秋夏，花节奏分明地开。而三月，给冬落了款，给一朵梅写了词，春天就被装订成一本诗集。山杏满树欢，为写一首词，零落骤如雨，寒雀便忙着四处送花笺。再迎来夏天葵花催云破，秋天菊黄调琴音，自得怡然。

花因季节而荣枯，但花不住在季节里，她们住在一首首词里。

而那词，都有一个牌名，或简朴如陶罐，即使年年旧土，它依然灼灼其华；或野性如山坡，即使丛生杂草，它依然猎猎而开。

苏州人懂花，知道花的习性，总是精心为它们备好恰当的词。“梅花清高，宜疏篱竹坞；杏花繁灼，宜屋角墙头；葵花灿烂，宜粉壁绿窗；菊花清逸，宜茅舍清斋。”

你看，这疏篱竹坞，屋角墙头，粉壁绿窗，茅舍清斋，是多么落落大方的雅致词牌。风来雨至，花词相偎，一派风情，文词深渺。

人常求月圆又花好，大团大团的锦绣，开得峥嵘纵横，直到了枝

节蔓延，恨不得霸占所有风流，结果往往会因外界的节气而枯败。

最难求的境界，也许就是，风雨不动花容，一篱，一窗，一舍，都开得率直逸兴，疏密有致；是舍尘烟的争艳之心，是弃凡俗的计较之意，开一时，有清明之心，开一瞬，有净美之幸。

只有这样才能明白，我们的人生，那一腔探寻，挫折、苦痛、迷茫……都不算什么了——大概就是得之清明，得以净心。

再看世间也好，看自己瞳人深处也罢，或多或少也藏匿着一朵花的词牌，需那么用情地读上几夜，读到窗前花白纷扰着的时光，被雾气打湿，笼上纱似的，自任自性，也就读出了你与自己的情谊，原来一直隔着这么一份清明净美。

所以，当你早晨放牧一群词语，袅娜情深，款款地走，细草微风的信笺上，便尽是花朵开。夜里花朵便提着灯笼，照见往事，瘦墨几笔，却是深宅阔步的走笔。

可叹这以往多少时光，像深夜走进的空荡荡的街，一个人就那么清晰地明白，此前人生，繁重有因，不过是缺失这疏朗有致的一份自性，一份清明，一份净美。

眉间挂云去

春夜，站在窗口听雨，仿佛雨打在巷子的屋檐上，巷子寂静无声，有一些雾萦萦绕绕，好似那一段从少年伤口里滴落的光阴，有些惆怅，但是那么美好。

内心那些属于自己一个人飘远的老江湖，在这一份素净深远里，开一朵碧水清莲。

可能是越来越喜欢一种删繁就简的生活，所以，自然就变成仪态万方的莲花座，总盼着坐一坐，得以素净，简练，枯瘦，旷达。这对自己而言，是高贵的宠溺。

或者简单到就是听听风。

你听，风总在你的窗前吹长笛，细细听，一格一格的词老是跑调。恍惚着，恍恍惚惚，就感觉人生是窗前一只偶尔经过的鸟儿，在风的伴奏中梳理几片羽毛，唱出自己最快乐的歌。

每一句歌声，都变成云，挂在窗前。

如此简单，又如此欢愉。所以，删繁就简应该是对自己最后的宠爱了。得宠自己，每一片风都是鸟儿的旅馆。

这时，会突然想去春行远足，放缓步子，放下尘世，放开名利，穿一件松松垮垮的衬衫，眉目明媚地去。

山野有早莺新燕，呢喃的叫声清脆明丽，为你小心翻开一页页泛黄的诗书，却能看到自己留在某一小节里依然明媚的伤口。风似乎与你不相识，吹在脸上如对客人般温和，想它是不是从刚出土、千年之前的陶罐里游出来的一尾鱼。细细碎碎的野花，收集着前朝旅人的脚步声。走在浅草深处，不时会碰到半截树桩，枯老苍劲，凝视间，恍然记起这里曾拴过一匹马的嘶鸣。

再坐于山间一处，看瘦绿的水写的书，空山野荡，踪迹全无，那匹马驮着整个世界驮着内心的风暴远去，再也没有回来过。翻看山书，才看到当年那匹野性无羁的马，横卧于水泥丛中，与一只回家的蚂蚁诉说着什么。此时，没有马蹄飞溅，灼灼星月；也没有鬃旗飞扬，猎猎长风。只有，低低回回对一山一水的倾诉。

急忙于浅草里寻找，可到哪里找当年的马蹄印，孤山寺云天长袖，一卷佛音，带我到莲花身旁，寂静忧伤——想我于城市里奔走，眉间是否挂过一云、一月光；指间是否捻过一水、一花香？

抬头看山，眼前千峰万仞，苍翠繁茂。人心中的山水，山水中的诗句，诗句里那匹马，已是发黄的一页。年少时，向着阔天阔地的大世界奔赴，不留退路；年壮时，英雄豪气，拼死而不回头，即使心有挂牵，仍荡尽心痛；迟暮时，只剩下瘦马蹄音，再也回不到最初的山水中。

山水原是心灵最后的故乡，就像半截树桩是一匹马的家一样，被你挥过衣袖，又擦泪而归。

一个人于山水寂然里走一遭，才能看清自己面容，听清心中语言。我渐渐明白，内心深处一直如此渴望着春天的一个午后，我能被一片静静的树影带走；即便不能，请一定送来我山水家园里的故人，捎我一包春水茶，月壶，清风盏，三五成群的花语。

如此，茶香生云，月色满屋，清风调琴，花语成诗，我才能知道自己到底想要什么？

想要春天的一个响指，响在门口的午后，如此性感，这样我能欢快地被你的影子牵走；想要春天的一杯清茗泡软的夜晚，如此静美，这样我能迎来一叶唐诗小舟，送来我风尘仆仆的故人。

挽一诗，与一山执手相约；斟一茶，与一水掬诚相见。放下一切，走吧走吧，茶未凉，花已开，眉间挂云去，指尖捻水来。

素心静居

让我生于山林，葬于海底。这是我给自己的安排。山林有鬼魅，多妩媚，走在其间，就如同走进你和一个人的山河一样，密匝匝的心意，缠缠绕绕的攀附，如此才有两个人的大好河山。再工词章，弄琴弈，田园闲旷，三两纸墨一派幽丽，才配得上这一份素心静居。

踏风行，临水照花，驾小舟，舟如走笔，草书瘦金，或云天写意，画不尽的隐居幽意。溪口春花，几笔彩墨似的零落点染而来，持幡的僧者悠悠远去，青衣如烟。

晚风是另一条河流，明媚自如，她最知一个归者的心意，带你到隐隐远山，你不用问去向哪里，随遇而安便好。月弦如洗，拨弄着高山的喉咙，唱开《信天游》。

水潭烟雾升腾一片白茫茫，隔开岸树明月急促促的身影，终还是落了单，但那一曲萦回不落，清扬高远，让俗世茫然透亮了几分。此时最惬意，云飞岸走，舟上落满桃花，诗三百。

多年来最钟情的事情，就是写字。有时会痴想一阵，就这样一直写下去，所有想写的，我都要写完。写完了，青山绿水，过一种静水流深的生活，垂钓，爬山，篝火生起的诗一般邪念的晚上，拥有与清风共醉的生活。那时啊，多奢华。与今日而言，就盼着早点老，老了，让我放下一切。放下。

那时年少，觉得桃花是信笺，三月四月开重葩，五月满纸最情浓。待六月之后年岁渐深，才觉得那一树一山的桃夭，是飞雨，去意定，狂风一样的，如堆砌的诗篇，丰腻，甜美，但不容余地地离开。

所以，对拥有的，总是倍加珍惜，不肯舍弃一分；对追求的，穷追不舍，不肯停滞一步；对求而不得的，耿耿于怀，不肯善罢。

人生的风华情致，往往不在圆满，而在下弦月的夜里你仍能收留一窗皎洁，是在碌碌中，仍听得懂花语，识得鸟鸣。留得一分悠闲，再看这世间，总会忽然觉得此前人生不是自己的。

张爱玲的《小团圆》三个字我很喜欢，前半生的契阔，款曲半宿，琴剑飘雪，而一炉的温润言辞，说就说了。再到芳华亭前，幽怀步月，我和你握手论契，素冰清玉，已是佳期雅会，半生小团圆。

每个人的行程就定好了，我们如何兜转，总有那么一刻，愿意放下一切，回归自然。沿路手弄花枝，远处知音一声箫，忽然感觉半世寂冷但又那么美好。此时眼中的风光，纯净祥和。

是要心存了平静，才可以放心离去。如此就会明白，为什么很多人的路途总又叫人愁怀空悲，每一步又似走到刀尖上，不忍，不舍。

所以，我们都心神流离地在路上，心中空无一物，又似盛满了那个人的影子，走得不够安心。她有一人帐内酒深，他有一人浅巷歌浓，人在世，牵牵绊绊，纠纠缠缠，不差这一夜的不安。因为不安，才会感知，你走的路，野花一池，柳媚松声，曲水小桥，人生的风景本是美姿潋滟，幽思入梦。

不安多好，闻清香而奉以清词，识妆深而知岁月无情。如此才能知悉，此间岁月，心似沸鼎，摸上去却是冷冰冰的铁。而山间晚风，

林中朗月，似乎把世间一切都看透，直到有一天，你一身粗布青衫地来，什么也不用说，听一听，这晚风朗月会告诉你一切。那一刻，任世事弥漫，且持一竿，钓半匹月光，一尾花影，心安自在。而周身即是自己丰盈的世界，清清静静，如竹林风声；寂寂渺渺，如月上枝头。

那么，我就一直在路上。乡音如城，有时光把守，我为什么还如此不安。

若心安即故乡，那我这不安的灵魂无一日不在流浪吗？一路，见山阔绰，知自己清高立世得几寸巍巍；见路荒蛮，知自己孤直行走存几许韧硬。水溪绕山，山的热情与青春洗涤一空，山巅有好景，虚设一桌，往来几两过堂风，还知给自己留一碗浊酒，遇见自己，再说不悔。流浪这幕戏，我从来没安排与一个人相遇的目的地，但是，素心静居时日，一定会遇见另一个自己，否则它就没了意义。

伊人宛在

想去西塘的那年，初春，一早落了一场薄雪。

春雪无眠，下在夜里，像一封急急的家书，又怕惊扰了你的旅途。突然就笃信着，这春雪，是一件薄薄的春衫，被思念的人早早穿起。早穿起，早催一春融融，故人归来，恰在良辰。风一朝冷，露一夜寒。素梅开在窗外，很快是莺歌燕舞花间词。

我心没有凉透，飘不下一场薄雪。还在浮华里，处于煎煮中。我归期未定，西塘未去。

过三五年，见山，见水，山水却是一程你抵达不了的清凉世界；过七八年，见草，见木，草木仍是一本你读不透的人间春秋。渐渐明白，你眷恋的人与景，掌心化雪，掌叶半夏，去留全不在你。

那时起，我开始相信，至美的旅途，该是披草而坐，倾壶而醉，世间万象，劳心奔走，都不及衣上起风，两耳水声。我隐匿行于空山野史，也只是个半途的章节，无新鲜事。因为内心不安定，尘世人海，浪卷随波。

所以再不提旅途，掩上，如掩一本古老的书，水鸟送回河畔，清凉的世界还给青山。

索性静养天光，洗濯心目，洗出一墨山水。所行之景，柳在路边，春在险峰，但总要一年一年一惊一乍地发芽垂丝。越发觉得，更多的

时候，人的内心该有良辰美景，那里自是水光潋滟，山色空濛。

就如同你对一个人的爱，爱的信念一般，澄澈明净，双目相对，已是十里湖光，六桥风月。至此是最美，最美的一章书。可是，岁月太薄，几个山坡，几束野菊，就开破了一生。剩下什么呢？仍是旧朝风光，但有一心的泉溪绕山，是最好的景。

世间苍茫，原来可以清静的，是一颗心，曾被煎煮的人流带走的一颗心。回头一路的人与站牌，都要放下。如果曾经放弃眺望远方的山峰，此时能不能跟随远去的河流。如果曾经放弃脚下蜿蜒的河流，此时能不能被一场窗前经过的风，带到一个朝代。那里桃花盛开。

至此也是到佳境，风烟俱净，天山共色。至此才是好情怀，从流飘荡，任意东西。

终于也会渐渐明了，江流天地外，山色有无中。包括旅途，包括放下。嘴上太多“放下”的人，心往往仍捧在手上。心里最牵牵念念执着于山水的隐者，却是市井的凡夫。也许真是这样，如此，不言是大美。

不言，而言下有高山，开遍百春，千年倒为一坡土，仍是平平淡淡事。所以，不言是与往事挥别，与今日相敬相重，与明日无挂碍。

不言，而眼里有草木，一夏送，一秋还，终一生怀有平淡。平淡是平定天下事，心中藏百花。就像一场春雪，冷，已微透春意，安静从容，不被北风吹，不被万花催，那么优游，禅定。

不言，而心底有泉水，古风尽如人意，吹开一山自在野花。我想尘世不尘，人事不人，往往需要一个清静心安的地方，这地方，只要你来，走的是清风过处的路，听的是山雀唱起的歌，看的是静山好画，心有所归。如此，秋水白苹，伊人宛在。

风尘入屋

今夜的雪开始细细飘砌，簌簌清香，打开窗，如楝花，是最末的一候花信风，所以才这样谨慎不言，不惊不扰，宁静大美。

它于窗外，闲眉澹澹，孤香卿卿，仿佛拉开一道帘，幽静闲远。过去美好的烟柳画桥，如今水袖一身白，都掩过去了，掩过云鬓花颜，掩过绣鞋乱径，只留有素衣淡妆，绰绰约约。是曾经望眼剪过秋水，唇边唱尽阑干十二曲，盼的念的，已是千里清秋，所以，此年光景，不贪亦不怨，屏帘不起风。

我看着，这静雪，眷眷一念的，已然是清贫自乐，低眉自在。这境界，是心有沉香如屑，陈年燃尽，一炉旧念沸起，落梅数点，明月盏，了了青灯前尘，唯有眼前煮好的一杯谷雨茶。

此一时，风尘尽数，就一个“静”字。静安相处，静心相望，自静而饮，自喜而静。

这样的雪，开在窗外一夜花清香细，却是窗里群芳正浓时。那浓的，恰恰是她不扰不语的意境，似远山瘦水，竹间细风，深谷幽兰，清意，瘦意，全在这儿。

你不需要邀约，她与你，都有着风尘入骨的孤寒清冽秉性，她疏离于窗外，却静意满屋。心喜随来，禁不住轻吟“春在吾家了，殷勤

赠一枝”。

就在前一天，风扯着雪粒，窗一开，就钻进来，裹挟着尘埃，毫无避讳。关了窗，就与窗外再无关系了。不曾相识，不曾相悦。

看过一幅照片，拍的是西塘的小巷子，小巷子里走着一位挑扁担的老人。照片有一句说明：我进入西塘的那个夜晚，天正下着雨，雨中的石板巷子里，一位卖馄饨的老人缓缓而行，于是，西塘向我走来。

去或没去过的，人心中都有一段“西塘往事”。起初，见景是情，与一个在与不在身边的人，一段来或没来的风尘，处处是情，河里摇摆着一船坞的陈年细软。到光阴散开，人事茫茫，剩下的，或一杯西塘茶，或一桥西塘雨，或一袭烟雨长廊，或一巷石皮弄。再忆起，属于自己的，不是千百次地《踏莎行》，而是站在巷口，心自静自喜，巷弄里老掉的坚硬的石，老掉的见或不见的人与事，缓缓，缓缓而来。往事老于此，是最美的归宿。

你走不进往事，是往事走向你。

如同古老瓷器遗世的碎片，斑驳的色泽，几分瑰丽，几分茫苍，分辨不出前朝旧貌。看似一飘衣袂，却又似半枝落梅；貌如一目孤烟，却更像半闺烛影。直到某一时，釉色行迹处，正是人到水穷处，且坐看云起，渺渺烟山无重数。

越是牵扯要来的，越是难以感知。炎夏开窗唤风，就那么多，你扯不过来千丝万缕，倒是再惹一身汗渍。雪扯上风，硬挤而来，自会挡在窗外不相识。

夜深时不经意看到时代出版的张克文先生在微博上有一句：夜深，风尘入屋。难得静自一人。透过布帘，窗外还有安静的灯光。

风尘入屋，这四个字，怎么想，怎么难以形容，心头只有一声暗喜的“好”。静自一人，正担当得起这一屋风尘。那不是邀约来的，那是心上的静。静的又何止一人，尘外灯光，安静对望。这一时，借用《小窗幽记》里的话说便可以是，好茶涤烦，好香熏德，好墨焕彩，好纸垂世。

能来的，是自静。自静能养墨，好墨自成一派风光，即使不遇，也能与你风尘相携；自静能纺雪，好雪是清白的纸，即使不语，也能与你往事相望。

傍石眠云

一块石头，一定收藏了溪声、涧声、竹声、松声、山禽声、幽壑声、芭蕉雨声、落花声，才得寂静之境。这些“声之韵者”，是吴从先在《小窗自纪》中历数的“天地之清籁”。

石是天籁里的禅者。风弦拉响，石不躁，浮气尘埃自吹散；雨琴奏起，石不惊，洗面目得清渺心；雪音缥缈，石不语，远山挂在草尖上。

心有天籁，眉便清，目便静，鼻息如幽兰，唇似花语。这样的一块石头，其寂如禅，其静如画，是一朵睡了的云。

一块石，一朵云，一定是静到无心，才能让人看一眼便深信，石入禅，云入画。

看过白落梅的一段心愿文字，说她想在某个临水的地方开间茶馆，不招摇，不繁闹，甚至被人遗忘，但总会有那么一个客人，在午后慵懒的阳光下，将一盏茶，喝到无味；将一本书，读到无字；将一个人，爱到无心。

无心之境，最是有情。爱到无心，便舍一切纷扰，一切纠缠，只看时光在日历页间，长一株草棵，生一朵素白的花，或见一尾鱼游到书页里，一杯茶生一片云。再看眼前人，单单看一眼，此生已是繁华地。

我一个朋友喜欢三样自然风物，兰、竹、石。这跟郑板桥不无关系，虽然他画的兰，如一株草，竹又似鱼竿无生机，而石若土块，随时都会被风吹散的样子。但他却自赏得趣，说郑板桥喜欢画兰、竹、石，是因为笔下物能带来美好的愿——四时不谢、百节常青、万古不移。

郑板桥画兰竹石，喜悦时的走笔，一定是到无心机之境，画得才有妙趣之乐。在这一点上，朋友也得郑板桥的真意。比如他画无数的石，门前的，山坡的，溪边的，都能一坐即入禅。风不能扰其心目，鸟鸣不能乱其心意。爱到了无心之境，才有喜悦。无心，是无物扰心，坚贞不移。一如世间最美的声音，是寂静。

苏轼在新皇徽宗即位后，接到遇赦北归的圣旨，惊喜交集之余，他后去都峤山拜访好友邵道士，看见岩壁上他写的字，其中有“傍石眠云”四个字。

邵道士在苏轼被贬琼州儋耳时，曾前往相伴三年，直到苏轼心情好转、生活安定后，才又回到都峤山继续隐居清修。修的是一颗无杂念的心，但在友人危难时，却能情谊契合，这才是大隐。再想这“傍石眠云”四字，真是好。因心有信念相依，才能睡在云上。

绿萝好养，浮于一水，绿生生的，生了根，却日渐消瘦至死。其实在水里放块石 头，便可以让根有依附，而绿意丛生。就像你对一个人的爱，强大的不是那个人，是你寄放在他身上的你的爱。

一朵云，是天空最诗意的睡眠；一块石，是大地最深沉的梦。心若傍石，心境眠云。

人一生，经历了沧海的波涛，拍岸的大音，最终要去的地方，是无心地。无心，是当下的一颗婆娑心，也是一尘路，一段烟云之后，依然能面朝花开，静以浣心。

客心一程雪

我在文字里“画”一幅画，画到尾，画出一尾鱼。之前，我在画花影，花影是钓饵，结果我刚一画好，鱼就把花影衔走了。还好，画上我早画了几个老农，憨相站在我面前，问了我几句话。话是问我坐水塘边干什么，我说钓鱼，拿什么钓，我答花影。

没有鱼，也没有花影，最后老农也含笑而去，剩下我一人，静坐一画，留出空白给一尾见不着的鱼和花影。

仿佛人生百花开尽，客心归来，静静走进一幅画里，孤坐庭院，或山前，看冷清清的风，吹来吹去，心头最后一枝花也落尽，但眼角仍有安逸的笑。

那处空白，如同人生终于走到的静处，因此应该调上稀世的色。调什么，白最好。什么白，象牙白，羽白，乳白，都不好，那里至少有白云空悠悠的闲，或者远山跑野云的轻。可是还不够，要加一点凉，薄薄的，再带点不惊扰的喜，外贪心要一丝的暖——纱笼出的白，雾绕出的白，都好。

这样的白，是若隐若现的往事，是人生的留白，是禅机，是心境。

眼前出现苏幽莲画的那些莲，有一些阔美气象，又收敛着缓缓的静气，画面上恰当地浮动着月白色，不，记忆中不仅仅是月白的朦胧，

花与叶是相依的，
你和我是相偎的，即使到老。

花悠然地开，

时光的客人还没有来。

高高石崖缝隙里长出的一枝，在早春。我用生命攀上去，
只为了让我的灵魂迎上这个春天。

我想用一本本诗稿，养出一枝，开不开花，
我都会喜悦的光阴。

还少了点闲愁与寂静的忧伤，是不会过分惊扰你的一片。于是找来画看，画上有一种素白色笼着，那种素，那种白，似乎有着说不尽的凄美况味，但又叫人说不清。于是，想再画一尾鱼，衔走那素白色去偷偷看看，到底那是一种怎样的白。

此时抬眼窗外，深冬了，该下雪了。听说这应该是第三场雪了，前两场，看似纷纷扬扬，转瞬便没了。

深冬是令人欣喜的，因为一个“深”字。庭院深，杨柳堆烟几许；夜静深，无风莲叶响；山空深，清泉石上流。而冬天枯瘦，凄荒，但一个深字，突然有了意趣似的。

仿佛人在此季，是深藏大地的一块根茎，没有枝，没有叶，藏着些春水、清露、夕照、虫鸣，然后做一个安逸静心的梦。

而人一生，似一个旅人走过，走在一份深意里。

风一程，花一程，雪一程，月一程，一路走来，终于能坐一坐，看一看，赏一赏，笑一笑。喜乐与哀愁，在这一份深里，都淡成云影，一墨托于远山尖，挂着，然后被岁月的某一场风，吹尽。

心上一瞬袭上一层凉意，恍觉那种白，就是一程雪了。

是的。正如我喜欢的那首诗里说的，雪是从某一个朝代出发，一路不知换了多少快马踏破多少铁鞋，最终，把青丝跑成白发，把眼前跑成天涯。

这一程雪里，有着怎样的深意，怎样的老意！雪一落，一地白，一切都静了。花，静在画中，你静在往事里，我静在回忆里。

那处空白，也许还留着少年的一份欢喜或哀愁，是梦境般的白；

最后就是一阵雪，素美妖娆，带着凄清，凛冽。不能再画别的了，画一弯眉眼，几株柳，一座听雪草亭，都不妥帖，仿佛过分与往事牵扯不断，仿佛不能安心当下，有着不情愿的憾。

我们都有这样一幅世外的画，我们在画上，春水煎茶，夏荷成风，秋雨弄琴，冬雪吟诗。但总有一处留白，是走过千山万水，百转千回，静静与自己、与记忆相处的地方，是自己对草木、日月、山河，或者对一个人的一份情谊。而一程雪，从深远来，落下，素净，染着月色，一身风霜，面容祥和，指尖滴下不为人看见的忧伤。

最终我所盼的，不过是一座空山，寂静作响，一画留白，落一程往事的雪。如此，静静为此后人生，染上点薄凉，沾上点清香，惹上点暖意。

所有的尘烟，留在尘世，所有的热闹，留在人群。留白的空处，就让它像《莲心曲》里唱的那句“本无所染，明妙坦荡”，就让它落下一程雪的清寡与素白，不相语，不相闻，静静覆盖着，捂着不语情深的往事，捂着你越来越模糊但温暖的脸。

放牧一群词语

贾平凹在《天气》一书的自序中说："读散文最重要的是读情怀和智慧，而大情怀是朴素的，大智慧是日常的。"

尘世行走，有什么样的情怀，就决定你能看到什么样的风景。确实是我特别在意的。至于朴素至简与日常至淡，自然当是最稀有的情怀了，有没有大智慧，对身置其中的人而言已不重要了。想到这里，再想"天气"二字，是不是每个人都有自己的"天气"，是不是散文就是一个人的"天气"。

好天气，心境曲幽，走到哪里，随意看一树花，看风过树梢，听几串鸟鸣，听一声雪落，都是好风光。所以不妨就从城市的边缘开始，从离你最近的一扇窗看去，要静气，也需凝神，终能看到远处的一片绿，那便是一篇散文的神韵。

远远看去，随意爽直，清凉惹眼；近处再看，热情恣肆，高远深阔。远看是人生的风光，终其一生，也要坦率峭拔；近看是人生的善地，终其一生，也要细腻温婉。

如此，再到山间，最美的事就是放牧一群词语。任其化为风羽，染上十里荷红，三秋桂香；任其落字为根，生成清风明月，苍松怪石；

任其游历无踪，自是水流云在，雨到风来。

一个词，谱上山谱，就是一场清风曲——你听，溪边踏歌声，心中顿时清朗，你与一整座山，情如桃花潭水；一个词，落在草尖，就是一幅水墨诗画——你看，不着一笔，自是山抹闲云无墨画，林间疏雨有声诗。

一个词，借水而发，清润有烟霞气，看一眼，可养心性，净浮虑；一个词，披风而行，随意如云鸟远客，看一眼，可安心神，去浮躁。

一个词，站在山间，就站成野旷天低；一个词，走在野花香里，就走成晴日暖风；一个词，睡在风中，就睡成闲云野鹤。

放牧一群词语，放牧的是世外逸兴，人生篇章，心中日月。你随便一走，就是一行浅草诗；随便一坐，就是一章花间词。笔触上，或行云翰墨，或词雅文练；意境里，或淡远情逸，或隽永含蓄。恨不坐老青松，日上三竿，读尽月章星句，读得人生明畅开朗，气势壮丽。

这时，一个词与一个词，因为怕你想家，便升成明月，落成清露。你看着那一群词语，读出一句“露从今夜白”，又一句“床前明月光”，而思念如大雁，已从唇间起飞，寄回挂念。

山间事，总是有写不尽的篇章，无须纸和笔，随处行走就是诗，种一坡桃就自成一篇散文。

陶渊明在《归园田居》里写“相见无杂言，但道桑麻长”。只有山间，才有如此“无杂言”的清风明月，才有如此桑麻情怀。世间万般纠葛在此，都化成云烟，被风吹散尽，只道一声桑麻长，只关心耕种，情怀就是好天气、好文章、好风情。

孟浩然在《过故人庄》里描写的田园喜庆场面，关心的也不过如此：

“开轩面场圃，把酒话桑麻。”而元散曲作家孙周卿在《山居自乐》里，写尽他自得其乐的隐逸生活，闲适惬意的也莫过于“是山中宰相人家，教儿孙自种桑麻”。

这一声声桑麻，还有东篱菊、桃花源，哪个不是前人放牧的词语，而今你能读到，只缘身在此山中。

我曾写过“自静养墨”四个字以自勉。现在想来，也许就是为了养出一群词语，只为了养出一份朴素情怀，一份日常智慧，为的也是有一天，当我走进一片山，不会因为虚度，望一山风松而自愧，听一山鸟鸣而自卑。

到那时，我只需闭上眼，张开双臂，扬起头，放牧我心中一群群的词语。然后，一个词与一个词，因有简朴心愿，便手牵手排成篱笆；一个词与一个词，因有清澈意蕴，便肩挨肩组成窗扉；一个词与一个词，因有相惜心肠，便根盘根长成草木。

藤蔓上篱架，明月挂木窗，鸟鸣戏枝头，这样的小院草舍，任我喜，任我住，任我或坐或卧，自成篇章。在满山岁月这部大书里，静坐山无事，卧看云绕窗。

第二辑　清风篱笆

有这样一架清风篱笆，老了都不怕，老有老的美。

老了就静静坐，想点往事，想一个你；

想不动了，就看，看窗外，看云上，都是你；

看不清了，就听，听风过树梢，听鸟叫，叫一株花快快开，

开出好听的声音；要不就闻，闻茶香，闻一本书的味道；

或者去抚摸一张老椅子，一个旧杯子——抚摸往事，

整个灵魂都是香的。

你捎来远方的草籽

我写《一帛花信》的时候，是很深的夜里。

写了“石上流”“花信风”“花田薄”后，我停顿下来。因为计划里有写来自陌生但温暖的一种情意，来自那些喜欢安静看我文字的可爱的人。

他们似一片月光，皎洁的色泽，温润的心意，是我一直想写的。内容有了，但想不到名字。

我闭上眼睛，静静走入另外一个世界，时而是夜色下的清凉世界，时而是一种细小但磅礴的光影世界，带着我，闲散地走着。

这时，突然窗外跳跃过一声清脆的鸟叫，很深的深夜，哪只麻雀飞过。

我跑到窗前看，月色清幽，像一张信纸，古色古香，安静地展开。那上面，有人画来画，要人写来诗，或者就是道来几句真诚的谢意，还有人捎来远方的草籽，有人捎来琴声，更有人捎来一条溪，一座山，捎来……一声鸟鸣。

原来窗前这声深夜鸟鸣，是写在月色上的信函。于是，便想到三个字——月光帛。

整篇小文，这时也有了名字，一帛花信。

帛，古朴珍贵，再画上画，写上诗，情意更深重。再美的花信，少这一帛，总觉少一份皎洁一份心意。

所以，在不知如何表达的时候，我便想另外写一篇，但端坐，思索着，又总觉得我写不好心里的感动，如此拙于言，只在自己文字里走走停停，看草看花看闲风月。

我停下笔，看那些留言，简短的，真情的，再回想这一路十年，仿佛从春露走到秋白，从人海走到小水边，从喧嚣走到清喜。

因为知道，我路过的每一块石，每一朵云，每一片月色，每一个深夜从我窗前一闪而过的车灯，都是来赴我的清风约。

也相信，至少有十年，至少有十首歌，在路过彼此之后，仍能清唱流年，情分相持。

我会特意在一个安静的时间里，在一个个名字上流连，会莫名闯入另一片月色里。我会在名字上的一个字里逗留，就像翻看一本古书，突然看到的一个字。

一个字，一粒草籽，回到我的世界，一种又是一场清风。

是的，我收下你捎来的远方的草籽，花田十亩，最美的是这份情意。

我种清风，也种白露；种皎洁的月光，也种花间一壶酒；种阳关三叠，也种柳又青；种声声慢，也种相见欢；更种十万亩花开成海八千里路上走来的云和月。

然后，静静地赴约。

哪一条小径，梨花白时，春风清时，不是我们彼此的印记，有约花木深。

哪怕，这一路走来，我只是路过你发梢的一颗露珠，你只是路过我手心的一场小雪，但那是明年满山春花浪漫的传奇。

鱼衔花影去

贾岛的《寻隐者不遇》，我最喜欢“不遇”二字。我曾想以洒洒心怀，拓拓笔墨，酣畅作记，只因这首诗，最美就美在那份“云深不知处”的不遇之境。

遇一座山，却遇不见山中风，山中云，是一种人生；而有一种人生，每一座山，都有云，只要眉有溪水，心有高天。

就如同深山有古寺，你来寻，草深掩钟声，你得寻不着。是两耳房间里，住了太多世间客，即使有心采来山风、溪水，你只得将心煮沸，浮气满目，所见所闻只是一室闹腾腾。

以前曾做过自问自答的游戏，在一张纸上跟自己说话。其中有一道题是：你说过人生有善地，请问在哪里？如今来答，再也不用费思量——古木无人径，深山何处钟。在那里，就在那里。青草铺路，野花为径，你知道这条路这条小径时，已不需要寻找了。

浅草能掩马蹄声，浅草上也有古寺钟声。有时浅的不是草，是人心；有时深的也不是草，是人海茫茫。

好友寄北写过贾岛的“不遇”之美，最是禅意幽幽：月下，采药人山中归来，带来鸟声半匹，云影一盏。

不遇，确是最美的遇见，是最好的心境。所以采药归来，哪还用

得着写背筐草药。云深一路，自然之趣全在筐里，那是世间需要的最美丽的好药。鸟声成匹，不需多，半匹，又一定是粗布匹，上面画着山石溪水，崖前风声，自然有草药图谱。回途山风吹来月色，月色浇着粗布衣，细听，泉水声，夜莺声，都在衣上流着。这时，手中提一盏云影，照见归路。归家，归家，走得时快时慢，半梦半真，一路云深到草舍。

那么我们，闲暇时，靠一扇小窗，听一阵雪，或闻一页书香，如此静谧时，你来问问自己，最好的心境是怎样的？

野花，山石，清风，溪水，是好心境；静水流深，花间一壶酒，是好心境；人海中，我看到你，你正好也看到我，面容祥和，相视一笑，不拘谨，没有一丝不安，然后向各自的方向走去，是好心境。

好心境也许就在自问自答时，你的一语，像深山一声钟，自会惊醒梦中人。松下问童子，言师采药去。只在此山中，云深不知处。一问一答间，似闲来几句，品了再品，其间都是说不尽的况味人生。

想起苏枕月读庾信的《小园赋》后写的所感，曾有句子，鱼衔花影去，风送竹响来。小园很小，寂寞人外，美丽哀愁，那一寸二寸之鱼，三竿两竿之竹，闲情占尽，也让人心生一园风情。但从没读到有人所感，能如这一句，寥寥几笔，笔下是一派天然幽趣。说的其实也是一种随意心境，不求，不遇，随遇而安，往往意趣自生。

不遇，然后在有心人的心境里，采药人带回鸟声云影，在钓趣者眼里，花影为饵，鱼衔而去。

那天翻书，看到明代画家文徵明的代表作《真赏斋图》。画作是关于文徵明到他的老友华夏隐居处小坐的情形，看有关评语说得真是好：

古松、高梧中修竹丛生，掩映着一幢草堂书屋。室中主宾隔案对坐，似展卷交谈。

我不禁喜欢上这个世外“真赏斋”，因为是彼此懂赏之趣，所以，两两对坐，如两团云影，几上书卷静，窗外远山悠。

这样的遇，是不强求之境界，赏的是自然情趣，又何尝不是一分幽静十分心境。

于是想起那一年初春去里口山，山前一水塘，静静地坐于水边乱石上，偶尔有水波荡漾，整个人似乎化成风。不远处，有两三老农，坐在山脚下，大概春耕间隙时歇一歇。水静，人静，山也静，偶尔的风，也是静静地来。

这时仿佛眼前展开一幅画卷，卷上老农憨笑相问：你坐在水塘边干吗？我答：钓鱼。拿什么钓，你手中无钓竿鱼饵？我拿花影钓。钓到了吗？没有。怎么回事？鱼衔花影去。

犹记他年梅萼清香

那天读到一个叫纯子的诗人写的诗："我终于可以放下心来，慢慢地爱，从你身上的一寸一寸爱起，从最中心的首都爱到每一个省份、直辖市、乡镇，直到偏远的村落。从广阔的平原，一直爱到盆地、山岭、丘陵。"

读时曾想，什么时候可以"放下心来"，就那样清心一爱，爱到辽阔？直到那些日子，天天夜里在窗口盼雪时，突然明白：等雪一落，往事纷纷白，无人问起，应者无声，就在此时。

但心中已是辽阔疆土，无侵扰，无失地，自成方圆。放下心来，雪一落，地一白，犹记他年梅萼清香。

自称孔和尚的孔庆东教授作《又见阿娇》：当年，我迷恋你的百媚千娇；你要我，等你长发及腰。十年后，你云髻高绾，空抛我，魂断蓝桥。而今，你终宵痛饮，襟袖上，泪影妖娆。雾海里，秋千上，相视莞尔，天淡云高。

最末一句，天淡云高，改得好又妙。天为世界，为外界，为活动界，为眼球界，但在孔老眼中，这一切世界再大，都淡了；只有心中那片云，高高地飘着，忽而东，忽而西。是"从流飘荡，任意东西"，也是"心似浮云常自在，意如流水任东西"！

卞之琳在 1935 年写过一首《旧元夜遐思》的诗，其中有句：灯前的窗玻璃是一面镜子，莫掀帷望远吧，如不想自鉴。可是远窗是更深的镜子：一星灯火看是谁的愁眼？

有些窗口，不能回望，它是往事的愁眼；有些往事，不能回看，它是“更深的镜子”；有些镜子，不能照，它是更深的深渊。

看过池莉的《所以》后，我曾有感而发：夜幕拉开，每一扇窗口就是一个舞台，你看不到别人的表演，但你已把别人的生活在自己的窗口里演过。

圣凯法师说：未写完的诗，被惊醒的梦，缘尽情未了的故事，都是无常的生命中飞舞的蒲公英，无须追寻，去静静欣赏那随风飞舞的感觉吧。无常的世界，从未停下；只要内心表达过，不必去期待结局。

花未开，是风吹不红，是露水涓滴催不得，还是远山无云来？人枯一枝，定是内心没有预留花期，寒窗外，风才吹走了一屋子孤灯影，留一枝梅，清香未开，等人点燃。

心有春，春即有百花；眉有清风，四时纷纷有红紫。人生无常喜，也无常忧。未写完的诗稿，开在草尖，自有溪水来清吟，鸟来合鸣，花来开。

抱香枝上老

初春爬山，曾在山下看到一坡的丁香开，一眼看过去，竟找不到词来赞美。看了许久，忽然觉得，看花开，欢喜着，一下就把人看老了。

北方春未深，山头泛青，在这一树树的丁香前，我痴痴地站着、看着。只是看，看到老都愿意。

一整天一整天，可能看的书，就是一个字，一句话；一座山一座山，可能遇到的景，就是一株草，一缕风。

到这时，人的心就开始老了，老得直往慈悲、往柔软里去。会在一个字上，停顿良久，一个字打开一片日月；会在一株草上，行走多时，一株草长成一片大地。到这时，开始感觉人很轻，轻得似一缕指间烟，半盏茶香，似纸上的春天，开出一首薄薄的桃花诗。轻得无杂念，两耳如寄，了无牵挂，把熙熙攘攘、哭声、争吵、纠缠声全还给人潮人海，还给世界。只剩下月落乌啼、雨滴石阶，清泉石上流；剩下一个字，飘飘衣袂上，还能谱上半款曲，一段清欢唱；剩下一草一木，是我最后最温暖的人间。

我愿这样老，老得如茶香，静坐而白云满碗；老得如诗行，薄语而亦素亦美；老得似花开，缓慢而枝上生香。

我一直认为，有一种“老”，跟岁月无关。它是一种滋味，是一种觉悟，是一种境界，甚至是看世界的一扇窗，窗里的一双眼；是柔和之美，是慈悲心怀，是一种缓慢的诉说。

但总是没有找到与这种“老”相应和的人与事，直到看过明代画家陈洪绶的《听吟图》后，才一下清澈明透，如遇旧知，有百般好。

画中两老者对坐，一人持卷而吟，一人拄杖而听。吟哦者身边立一奇貌怪身石礅，其上摆花瓶，瓶中插梅花一枝，枝上开几朵，红叶几片，润而有泽。

这一枝梅花一枝红叶，都有着如此饱满色泽，不会赏画的我，只看画作奇而妙的线条，说不上一丝好意思。直待某次，受到启发，再细想红叶红在深秋之末，梅花香在冬末春初，两者插在一瓶，真是不合时令。但是妙就妙在这里：梅冷香而有韵，分明节令上枝头；红叶灿如秋阳，留恋于一枝，尽数红遍，冬风不吹不落，白雪不飘不淡。

——呵，是抱香枝上老啊！

并非执着，也无关坚贞，只是尽本命，或者再多的是一丝心意，要在自我的世界里，完成最后的旅程。到此，老而香，香而远，远至万物花开，身体里全是绽放的热闹的声音。

我愿老成清风，哪怕只是一缕，但一定要一清至骨；我愿老成一棵树，哪怕只剩一枝，但一定要抱香枝上老。

我是早有盼老的心，写过老意，看过老屋，听过老歌，走过老地方。仿佛觉得，我已是一支用尽了力气的笔——把一座山，写给了一棵树；把一棵树，写给了一朵花；把一朵花，写给了一粒籽；把一粒籽，写给了一抔土。

然后，我弹着老时光，唱一曲老江湖，老来逍遥最自在。唱着唱着，词里清风笑，惹寂寥，曲也跑了调；摸摸怀里，仅剩一襟晚照。一霎，

往事般般应。良久良久，抹掉一把老泪花，说一声，唉唉，老来多健忘，唯不忘相思好。

不忘的还有——我还留着最后的一笔，婉和，静远，透着遗世的香，为的是，把一抔土，写给自己。

到那时，为了与一粒纯净的花籽相遇，我会折断一身老骨头，从写给我的那一抔土里，长出一朵花，一棵树，长成一座山。

一枝阁

这世上，一定有一种花，叫“一枝阁”。

四时开，开在一枝上，经风霜，历旷岁，含香流转，淡泊知足，淡冶知远。枝上方，佛音袅袅，白云绕苍松；枝下面，流水淙淙，新锦看跳蛙。

一枝阁，是清代画家石涛的草斋，位于当时金陵大报恩寺山坡，曾是石涛窘迫的居所。与大报恩寺辉煌的建筑相对照，他的“一枝阁”，真是狭小枯寂，看四壁灰蒙，是不是直叫人万念死寂？

这就如我们在世，所处茫茫无援之地，四野寒荒，举目无助。直待看透，任你物外凄风冷雨，我自有内在清净智慧。

如此，终于从困窘中走出来的石涛，所以才能在一枝图长卷上写“得少一枝足，半间无所藏”“君能解禅悦，何地不高峰”，并与好友戴本孝讨论“一枝”的智慧，相悦其间。

想想，是六年前就想写“一枝阁”，写它是一枝花，如何开在深山，开在风中，甚至想写世间有一草屋，建在枝头。

那一年偶尔会背着包，用一整天的时间从环海路出发，翻过一座座山。在一片松林里，遇到将塌的破石屋。这个屋子在我大学时代就存在着，当时看到，心下荒凉，回来后还写过它。现在再想想，那时爱追问的人生之路，有着多么促狭的心意，没有开阔境。

现在不知那石屋怎样？塌就塌了，花落空山无人问多好，明年屋的小石子、灰尘就从土里长出来，长到松上，一直长到枝头，长出另一间屋。从此，枕涛听风，快活一生。

如此一想，禁不住想写两句诗与它相送，也送给自己：一山起峰自游云，一枝临风自放花。

能住在一枝阁里的，不一定全是高人雅士。比如，还有来自老上海“荷花大少”。

以前在一些闲书里偶尔能看到这个词，起初以为它是形容一些喜欢风月情事的纨绔子弟，还觉得这个词真是妙。后来才知道，词有一些可爱的嘲讽，嘲讽那些夏天置办华丽衣着，冬天无钱买棉衣过冬的人。

直到最近在闲翻一些老杂志，看到一个叫小茶的作者写她听老辈人讲京城荷花大少的一段趣事，才对荷花大少又有了新的认识。

文中说这些人一年里多数时候灰扑扑的，唯有到了夏季，跟朵花似的开了。棉的冬衣送进当铺换钱，然后置身纺绸裤褂、湖绉长衫，牙白、天青、湖蓝，甚是光鲜，摇着扇子，一副大少派头。

忽然觉得这样的荷花大少，何尝不是住在一枝阁里。他们往往为了光鲜地活，可以在花开的季节里，盈盈一水便尽数开遍。他们不是心灵禅主，他们是俗世顽主——对美的一点点放肆、无忌的顽固者，又是让人想一想时的可爱者。

我想，这份自赏的心意，真是透着一份真性情，管你眼光横扫，我自摇扇，闲庭自在。

在冬日，我最喜欢迟迟缓缓，走在清晨的街上，人、自行车、汽车都从我身边疾驰而过。那一刻，那么心满意足，我不用如此奔波，虽然我一直在奔命似的工作。但总有这些些的一刻，我仿佛要参加一个宴会，就在至爱的远方，那里高朋满座，我却迟到了。从冬天的街头，我相信，总能走到春天的一场宴会。就让我迟迟地来，就让花缓缓地开。我们不急。

我们住在一枝阁。那里离春天很近，一首诗的距离，一抬步，一落脚的时间。

陈继儒所言："破除烦恼，二更山寺木鱼声；见澈性灵，一点云堂优钵影。"是的，那样的"一枝阁"，是我们的心灵寓所，有此一枝，住此一阁，日日眉宇和气蔼然。寄尘于世，一枝开一花，一花开出十分春。

冬栏梨花白

人活着活着，就简单了。把一个杯子洗亮，将一扇窗打开，随手翻一页书，瞥一眼案头绿生生的植物，简单到渺小。对自己而言，却心怀喜悦，眼睛清亮。

对过往，提笔是老，笔尖寒树瘦，越瘦的事越让人清冽；对明天，研墨得闲，磨一砚墨比写一个字的时间多，磨透亮了，再写一笔人生，墨淡野云轻。

比如简简单单地看一束光线，它从窗帘缝里洒下来，洒在半开的书页上。用干净的手指去抚摸，像摸一块棉。

此时，就那样看着，心朗朗如百间屋，养着旧时光，养着年少寂寞的诗行，养着墙上的老挂钟和一幅山水写意。在一束温暖的光线里，旧事已静，旧念已寂，走在这一页书中，人只想静成一字一画。

某一天，你打开另一本书，犹如打开一段旅程。突然看到一个侧影，她发髻高绾，肩披花帔，半侧的眉目间盈盈一水。你看着，只想开一池莲。恰好有一缕光线，映在她的脖颈间，如清渺渺的莲。似乎就该有那样一朵莲，开在不曾相遇的一段旅程里，开在一本你终要合上的书里，一眼万年。

清晨跑步，发现以前常走的环海路，竟有一条山路，曲折盘旋而上。

于是顺路走去。眼前山路，像个流浪的诗人，走到哪儿，就把诗歌的种子撒在哪儿，一弯坡，长出一行风吟。

松在冬的深处静自苍绿，掩映着几幢有些老旧的别墅。站在那儿发一会儿呆，听到几声鸡鸣，仿佛来自诗人笔下还没有写亮的某个黎明，若隐若现。

下山时，竟发现几幢住宅楼，零落几处，从不知这山上还有人住。随意走着，在住宅区一个花坛极阴冷处，看到一棵矮松上还残存着一些雪。近看，雪将消融，但依然白。

这一路走来，就这一处雪，像静静开的花，那么美。雪很简单，就是白。

想起苏轼《东栏梨花》里的诗句："惆怅东栏一株雪，人生看得几清明？"一树如雪的梨花，确实美，美得让人惆怅。梨花落时也如雪，纷纷染地白，仿佛是落在人的心头，染在看不多的光阴春好处。

多年前，总爱在傍晚去拍路灯。暮色里初开的路灯，弱弱微微的光，有时我会小心将它们处理成黎明的样子，有微黄的希望，和点滴染开的热烈的红，然后那么淡地铺开着。就像我们的愿望一样，不能多但不能没有，让它或真实或虚幻地在心里，从不曾离开。有时，我们需要的仅仅是这么一点的安稳。

所以，我看见那雪，不会有惆怅，只是白，只是美，美到春天一路顺着诗行跑过来，安安稳稳地，开成梨花一株。

我知道了，那个流浪诗人，一定是苏轼了，我脚下的路，便通向他的东栏外。他笔下，梨花如雪；我走来，见一丛雪，美如梨白。

苏轼的东栏外，也许都有我们惆怅的一段人生路，是枯寂的"冬栏"，挡着春风万里，但眼中寸雪是白、是美、是春天，是梨花诗千行。

就那样简简单单地，爱上一束光线，一个侧影，爱上一条山路，一丛雪，一株梨白，爱上简简单单。那么——

去看山吧，山空有松子，落声幽人梦。你念着古人的诗句，一下子就静了。不求有人同赏同感这份静，只求这份静里，有一位友人，静得像棉，像月光，像一首诗。静得他不言一语，但你一转身，总能看见他。

去看水吧，山深有清泉，流声佳人弦。往野花丛中坐，微笑明净，云髻峨峨，修眉细水，两耳淙淙。你就那样坐着，然后被一个诗人写进诗里，被一个画家画成侧影，然后被一颗初雪的心，读到，看到。

桃花来信

我居住的海滨小城，近郊有座山叫里口山。满山桃树，盛时季节，花可赏，果可采；屋舍依山建，有山溪由高及低，自性清流。确有几分巍巍峭拔之貌，几分含灵蕴秀之韵，村人缘水而居，如在桃园。

二三月，沿路有玉兰，一朵朵俏立枝头，顺小路望山，满山已是桃花春。这时赏花、拍照，“最是一年春好处”。六七月，满树果香，引来客人，采摘自如，再在农家小院，参天树下，摆一桌野菜宴，得闲得趣。

我第一次去里口山，被山间错落的房舍吸引住，再看峰谷含烟，白云萦绕，溪水越石，就抬不起步子，只愿在那里住下。恨不得从子燕春归，住到山花浪漫，从山幽风清，住到白雪成诗。

里口山里，有一个疯画家，据说他年轻时因为感情的事受刺激，疯了，有同行朋友把他从千里外接到这里来，给一间房，无数颜料与画笔，他便一直住了十几年。

一个画家朋友，经年累月，想起便去看他。我曾问朋友，为什么每次去不赏花，只看疯画家。他回我说，因为羡慕他，疯疯癫癫，一草一木总也画不完。

我见过疯画家几次，但从没交流过。唯一一次，竟是在梦中。应是三月天，我在一堵爬满藤蔓的墙前驻足，他突然在身后问我，你在

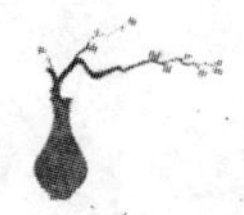

干什么？我转身正不知所措，他又说，来，我给你画张像。被他拖到几步远他的小屋，我坐竹椅，他站在画夹前，专注地画我。一刻钟后，他把画好的像递给我看，画上没有我，只有一株桃树的枝，从宣纸一角斜出，斜到长长的青砖墙上。

要走的时候，他又问我，你来干什么？这次我清楚地听到自己说，来看自己。是的，我与这满山的桃花，交上了情意，每年好花时节，都要来看看。我看的，是自己世外的样子。

每年去里口山几次，就像走进一阕阳关，为尘世的背影送行，就像走进一首古诗深处，见得一山，一花，便得一静，一桃园。

转眼十年过去了，其间我几乎就是隐于自己的生活之中，最奢侈的时光，莫过于去山林，去看这一山桃之夭夭。

我写了无数次的桃花，桃花的山，如今回忆起，大概是跟青春的心境有关。

高中时，一有闲暇，我就一人躲到离学校不远的山上去。山上有一坡桃树，开时灼灼，密密匝匝。大学时沿海岸线一走就是一天，走到与世隔绝的小渔村，村口有一株桃树，不曾邀约，但一树花开，是留给我的温暖线索。

如今想来，青春，就像寂静的林间，你听树叶沙沙，与你说话，心里便充盈着不为人知的秘密与欣喜；往事，就像无人的沙滩，只有身后的脚印，被海水抚过，了无踪影，但你明白有一种相遇，不需邀约。

原来我一直不停地穿行于山间，就是为了给尘世的自己留有温暖的线索。

如此我才能在一页古诗里，听得雎鸠一声关关，寻到前世，在河之洲。再看手间，参差荇菜，谁偷赠我一束。我知道有女子，左右采之，一采已是两千六百年，我会把这一束种在我的掌纹里，总有女子，寻来采芼。而丘陵上，莪蒿绿生生，谁在唱，既见君子，既见君子，乐且有仪。我在书页里寻一把月光琴，想拨响如水的弦，却看见书页里开着一万朵桃花——

那是尘世寄来的一万封信，落款是人间草木，地址是心中桃园。

世间的得与失，爱与怨，聚与离，喜过，又憾了，恨了，挣扎过，又迷惘了，萎靡了……最后找不到自己。人于世间劳碌奔走，其实很多时候，往往不知自己身在何处。

清代史继昌在画作《乌鹊寒枝图》的题字中有一句“寒声何地起，风在最高枝”，是我喜欢的一句警醒语。百般揪住心，万般得失一寸间。人生的寒声，命运的风，躲不了，逃不掉。但我们可以选择放下，一路走去便是好境界，再看花静开，叶自舞自翩跹，哪个不是自己。

明代心学家陈白沙曾说：“东山月出时，我在观溟处。”是的，我在。“我在”是一种心境，充满禅机。因为我在，总有一缕温暖的线索，能找到自己；因为我在，林梢清风，山间明月，耳得为声，目遇成色；因为我在，世上桃花，开成诗句，落成信笺，我是读信人。

桃花读信

看到那一株株桃花的消息，二月初竟红累累满树，若火齐然，本来连日奔波焦灼的心，一霎风静。于是，一遍一遍在纸上写着两个字：春回。

一天一天的奔波里，常觉得最美的时光，就是能有那么一刻，一个人自在安宁。窗外还是二月冬，整个人，已从心底长出温暖的根须，抽出新芽，拔出枝节，托起花蕾，开出花。

只要桃花一开，春天就开了，开在眼里，开在纸上，开的到处都是。桃花的开，仿佛是因为读到一封信，读着来自世间的情分，总是那么温柔，念一字，开一瓣。

去桃园看，薄的瓣，细的蕊，粗老的枝上零星俏立，红瘦瘦地开着，孤美痴然。更要去山间看，枯草荒野，小山桃一丛，直往明媚里开。细枝放逸，于草丛中，空旷一处，似画上几笔，笔峰绝妙。花自枝上绕开，迎春光，幽静如细语。素白白的瓣，润红红的蕊。一朵朵，一簇簇，亦热闹，亦淡泊，花开不知年。

遇一丛，山静于世，清响于心。仿佛有人在心里说话，或念一首诗，轻轻，喃喃，又仿佛只是坐在那里，低眉含笑。

没有什么事，比走走路，去看看花，还让人开心的了。

我居住的二月，离青山绿水，只隔着一朵桃花的距离。即便仍是大雪盈尺天气，但一朵桃花，看淡了冷暖，看透了得失，所以能开成诗，开成路。

因为，总有一个诗人，早早地，蔼然前来，丰赡美好。

披一路风雪，有一朵桃花映照，路上，风传花信，终能走到娇红稚绿。

我这样想时，窗外的阳光真好。二月，像一本书的封面，温暖素雅，有人站在封面上，开出一朵桃花来；更像一封信，洁净纯美，有人走在上面，落笔款款，寄给桃花相阅。

我要写一封信，给满山的桃花，在二月的小窗前。

处一静室，云烟过眼，心幽僻清爽，所以盼桃花开的时候，人已攀上远山小路。那些小路，是一行行的字，笔画明净，笔峰奇峭，风格秀逸。当有一天，走在这一行行里，桃花便能读到，一个身影，清俊，温润，从二月来。

一定要遇上清溪水，曲曲弯弯，小流蜿蜒，清亮鲜活，是素绢白练，做春的信笺。几拳石，敦厚相守，等一条小路，等一个人，行行来着字。

我在二月的小窗前，写一封信，给满山的桃花，以自己世外的样子，一朵云，一片月，一颗露，深情落款。

花开好

某个街头，天色已晚，你匆匆走，突然袭来醉人花气。你略一顿，放缓步子，街边一树花，脉脉开进你眼里。或许你在一瞬间，内心洁净，柔软，被一缕花香带走了，仿佛身在千里外。

我常想，风引路，云溪向远，行舟如叶，就那么漂啊漂，经春风十里，过二十四桥明月，终有那么一天，我走到了某个前朝的山野，在一片旷古幽远里，静静坐一坐。

周末去小山村，三面环山，沿路杂草星阵，点缀着一树树的桃花、梨花、苹果花，还有许多家乡常见的野枝花。

爱去探僻寻幽，见的是寻常草木，但每在草木前凝神时，心都变得欢悦起来。恨不得嗓子里全是绮丽诗词，一出口，就是姹紫嫣红的春天，说给你听。

以前居住的老社区，楼下不远处有一小园，是一老者开发的，种了春树与花。桃开时，春就来了，给路过的人报信。

待蔷薇上架，小小朵朵的随风一摇，人过时，总摇得人心里开花。初夏便热闹起来，地上垄垄小花披纷。

记忆最深的便是临路那株二乔碧桃，桃的一种，路边常见，每逢春，便一挂挂繁花惹眼，比绿叶着急，提早赴春约。

一般书名叫洒金碧桃，又称二乔碧桃。我更喜欢后者叫法，因其花重瓣，同一株，同一朵，乃至同一瓣上，有红、白两主色系花。

喜欢这株二乔碧桃，更多是因为那三四年里一天往返四次，每年春天，它总用明媚照我眼，用花香消我身上浊气。纷扰、困顿及迷茫之际，总因它心存一份美好，在纸上旅行，把一朵花装进行囊。

于是想赞美它，脑子里冒出一句：一株二乔碧桃，三春四月花好。到这里，怎么也对不出下一句，心里想着五六七八年再少见它，不免有些凄惶。

半下午失神。桌旁春兰绿叶很瘦，春刚来时，它那么幽香饱满地开过。大概是用尽了气力，此时绿瘦，竟让人怜爱。也许它要的，它无悔的，就是最美的时刻，花开好。

是的，花开好，花开好，就到这里，到这里。

看花人看，画花人画。一路走来，老来也无风雨也无晴，但花开好，总能让你想起一些人，想起一些往事。

一株二乔碧桃，它伴我，每年三月春好四月天，仿佛一生心事都被它开成花，我每经过，看一眼，花开好，一生看花相思老。

一生看花相思老

这一句是因几年里每个春天与我相约的二乔碧桃而写的。这株二乔碧桃离我居住的地方百余米，但每年看她，恍惚又觉得她离我，离我的诗千里远。我只是途经一树花开，途经一个美好的远方。因为心多营役，难求自在。

二乔碧桃住在小篱笆里，外面是路，那条路我在某段时间里走得很累。记得有一个读者曾来问我，你能写出那么美的文，你文里的情那么真，这个世界在你眼里那么良善，你可曾对这个世界心灰意冷过。

我那时想到这条路。所以回她说，每天走过同一条路，眼中只看路边花树，哪怕脚下铺着一路刀刃。每个人的世界，也许都有刀刃铺成的路要走，比心灰更灰，比意冷更冷，还是要走下去。

但花开得那么好、那么美，我不想辜负。

有些美或许就美在，如看一路的花，我相信它开时所有的香。我们很多人，都是路人。

我不想做路人。我想做路上的看花人。所以为这株二乔碧桃写了一篇《花开好》的文章，最后一句，便是我最喜欢的这一句：一生看花相思老。

那一年是 2014 年，也许在很久很久以后回想，时光老了，看花的人老了，还好，相思也老了。会心一笑，温暖安好。

每年春天来的时候，我都会想起这株二乔碧桃，并把《花开好》结尾一段默默念一遍：一株二乔碧桃，它伴我，每年三月春好四月天，仿佛一生心事都被它开成花，我每经过，看一眼，花开好，一生看花相思老。

那一年，为“相思老”三个字，整整想了三天。当时写到最后“一生看花”四个字，感觉整个身体里都开满了花，就那样开，开啊开，最后整个身体仿佛开成一个春天。所以，我需要一种表达，要有花突然绽开却不为人知的隐秘力量，但是始终未找到那样一个词。

于是，我去花树下坐，我去静静看一朵花出神，想起无数个春天，那让我宁静的花香，心静了。那条路，藏着我太多的心事，从这头走到那头，从那头回到这头……但我相信，只要心中有花开，这些心事，总有一天，会跟着一场花事，或一首诗，去到春天的城，一起慢慢变老。

美好的花，美好的人，最美不过是这样静静地一起变老，再静静地怀念。

一生看花相思老啊。

相思老，该是我最美的花开，是我最柔软的光阴。

所以，那一年，我决定做个一生看花的人，面容安详，内在柔软。

我知道，人一生，看了一些好景，念了一个好人，途经一场花开，就足够了。你摘不走一缕花香，能让你日久生香的，不是花，不是人，而是你自己心里，始终有一段柔软的光阴。

清风篱笆

和我一起扎篱笆吧！要春天的藤，秋天的绳，乱乱地扎起来，乱得像野花开。

就从东窗下开始，根根木条，不必粗，挡得住篱笆外的牵牛花爬上窗就好。因为窗外，得有竹，有明月。竹响的声音好听，因为有风来。就像你款款走着，穿旗袍，腕间开着茶香，如风一样明净，走进我，走进一本我爱了又爱的古书。

你知道，那样一本古书，有“三分水，二分竹，又添一分明月”，我们从尘世，从“五步楼，十步阁，再望断百步大江”，只留下一架篱笆一小园。

篱笆还没建好，清风徐来，催着小园的草木，催着一树桃，早早开得人怜惜。就像怜惜世间所有的美好，怜惜你沏的一茶，怜惜——你绣了又绣的一身旗袍。

清风在春，春便是篱笆；清风在夏，夏便是百花深处你盈盈一水的眼神，你的眼神便是我诗意的篱笆；到秋时，秋最深情，花开过，果便香。我们的清风篱笆，也挂着一串串的香。风香，花香，雪香，月香，叹世间难闻世外香，年年月月篱笆上。

一架篱笆，围起一山的岁月。风吹送一行行诗，花开成枝间一壶酒，雪落拨琴弦，月来围炉听棋子。世间一切美好，早早安排好了，不必愁绪萦结，不必强求，不必多怨多烦惊，只要静静去看，去思，去流连，自然会懂——抬头即是风花雪月天，相伴便是诗酒琴棋客。

篱外种蔷薇，顺架爬藤枝，春风一吹，三五花影乱成团。篱内养秋菊，秋风一起，菊黄一朵两朵七八朵，引得“多少天涯未归客，尽借篱落看秋风”。

园里造草亭，柱用枯树干，管他直不直，一身幽古奇崛貌。亭上用苇草，不远处塘边生，取之不尽，苇草在顶，厚厚憨态，像山间隐者，四时闲散。偶尔有麻雀从中钻出，那一定是草亭会飞的智慧，往山间觅趣。

花籽丰足，山中简朴人家里一一寻来的，一包包，包好，四季分明。第一个春天，还没来得及种，云送远山请柬，桃花要在坡上开诗会。祝贺祝贺，山中有喜，“笑而不答心自闲”，闲时就去，闲看一树花，是最美的事。

回来后，也不羡这一坡的桃之夭夭，因为自有鸟衔桃核落篱旁，鸟儿每天在篱笆上跳跃鸣叫，叫醒雨水与清露。日日夜夜，你全然不知，一枚桃终于从泥土里，发了芽，长了干，生了叶，开了花。与园里另一株老桃，静静相守。

养几只小鸡，与它们逗乐，它们只顾低头啄食，抬头追蝴蝶。远雁经过，捎来山外挂念，也捎来云深处清风几缕。坐一椅，茶香升腾，静静与你相望，清风吹起你衣袖，鬓角一缕垂发，已有些灰白。

有这样一架清风篱笆，老了都不怕，老有老的美。老了就静静坐，想点往事，想一个你；想不动了，就看，看窗外，看云上，都是你；看不清了，就听，听风过树梢，听鸟叫，叫一株花快快开，开出好听的声音；要不就闻，闻茶香，闻一本书的味道；或者去抚摸一张老椅子，一个旧杯子——抚摸往事，整个灵魂都是香的。

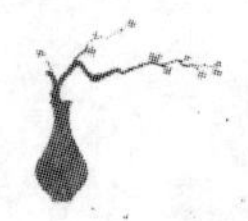

清风照花枝

山上小径，越曲折无章的，越有纵深幽趣。两旁松林又密集，仿佛引你到云深清凉地。在清风拂面的晨光里，走一遭，耳边鸟鸣清亮，远远近近，像有人从阳光缝隙里撒下来的音符；鼻尖草香沾露，缠缠绕绕，透着清，又似你桌前满纸的烟霞。

每天，穿过人潮人海，路过卖菜回家的老妇人，转过一个走了无数次的街口，依然面容祥和安定，内心清澈热闹。走久了，累了，或倦了，就幻想——借一把清风，一抹水声，空中作画，一笔云，又一笔云，画我们世外的样子；再为你纺云成纱，剪绿成绸，裁一挂帘，缝一件衣，住在白云深处。

我知道，这是一种逃避，一种退让。人都是一点点退出去，退出一种人生热情，也许得到另一种清淡自持，最后仍保有美好的看世界的眼睛和情怀。

无意中了解了一下音乐人浮克的作品，竟给我一种荡尽浮云，孤绝于世的感觉。闲来看了他的一些资料，其中对他的一段愿望，犹记在心：有时简直情愿像一棵树那样活着，不喊不叫，所有的情绪也只是叶子动一下，四季在身边正常地经过，风来了身子摇两下，风去了就静静地沉默。

只有经历了飘摇风雨的人，才能更深地懂得，最终能退到自己的领地，“静静地沉默”，是多么幸福的事。虽然他在表达里，多少有些落寞的凄凉，但终归是自在于世，不惊不扰，不悲不喜。

以前工作的单位一出门，往右转一步，迎一坡，走上去，过几座平房，左拐，就进了一片山林。山林不大，但每年春夏之际，总能处处开满野花。

常一个人躲到那里，随处闲走，后来认识一位爱种芋头的老婆婆，古稀之年，发白面善，总是喜欢微笑。因为周围有几家小菜园，唯她的小园里，有芋头，而且长得亭亭玉立，不染尘烟的样子。

我看野花时，她可能正好要回家，便见她采一束，放在桶里带走。有一次我下山时，往另外一个方向去，竟看到一座平房门口的泥坛子里插着一束黄白相间的花，我知道是老婆婆的家。那时，风轻轻摇着，小小的花朵摆着，竟然那么好看。

后来一直特意留心她门前花枝，竟一直开个不停。总有风，来摇，总有香，来飘。多少年后的今天再回想，那一幕真美。也许是老婆婆无意的行为，但我总觉得，她留在门口的花束，也许就是为了等风来。

闲时也养一些素朴的花，开不开都开心。有时，会搬一盆花在阳台上晒太阳，转眼，阳光斜去，便再移动花盆。突然觉得，花的幸福也许就是，春天未来，她等春天，花期未至，她等花期。就这么简单，开是幸福，落是等待幸福。

这样的时光很静、很清，适合想点什么。那就想爱过的那些诗，依旧念念在唇。云深不知处，鸡鸣桑树颠，清泉石上流，空山松子落。那么简单的字啊，怎么就这么美？就像简单的一个人，怎么就想和他，一辈子走在小桥流水的画里，走得纸都黄了，墨都淡了，依稀可见的，仍是一对牵手的身影。

这样的时光，有风来，吹落花影一片，落在书页间。两只鸟，相鸣寻来，停在纸页上。找不到花，衔开一页又一页，好似帮你翻书，翻检往事枝头上的香。

渐渐懂得了，当你终于学会了该逃避的时候逃避，你便打开了心中的日月。逃开世俗的眼光，逃开总也走不完的路，逃开是非，逃到一个人静静相处的时光里。有一种逃避不是软弱，是内心忽然柔软，懂得一朵花，静静开，开在哪里，都有露照应，有日光叠影，更有鸟来唱，蝶来舞，有清风照花枝。

向内莲花开

一

曹操不轻信别人对华佗的美谈，写诗送华佗。其中有句：胸中荷花，西湖秋英。晴空夜明，初入其境。

华佗读后，回四味中草药名：穿心莲、杭菊花、天南星、生地。华佗名不虚传，曹操写四言诗考华佗药物知识之才也是难得一见。

这四句，把玩竟有深幽意境。

人心中生莲，莲开在污泥中，人心本浊；需开一剂穿心莲，非莲草药，清热解毒，可去人身浊气，许人清清白白入世。世间纷乱，易迷眼目头脑，杭菊花治头痛目眩，教人不昏花，也有调气、须发不白功效，教人应有开阔心。当人生渐入佳境，得了些名，收了些利，晴空夜明时，切记，此行只是初入人生境，实乃是生地，且行且惜。

二

孙犁先生写过一幅字：不自修饰不自哀，不信人间有蓬莱；阴晴冷暖随日过，此生只待化尘埃。孙犁先生生前曾自评说：这首诗情绪有点低沉。

人越老，越容易有低沉情绪。看花开，知道很快落得伤满怀；听雨来，知道很快风满楼心如苦艾。所以人越活越低，低到山谷。

如此，才敢说，不修饰，不再信仙，不管阴晴，等待明天。

其实，这恰恰是老来淡泊，如山林隐士。何需修饰，布衣常素净，眉目有朗气，手指还能识得清风客，走过山，见过飞鸟，渴了，跟山借几口溪水，饿了，跟树借几枚红果。人间若是有蓬莱，识得神仙在情怀。阴时，晴时，冷时，暖时，花该开还是开，人该看还是看。忽而成尘埃，就随清风去。

清风不必带我去云天，山谷有幽兰。

三

《东坡志林》里《赠邵道士》篇云：耳如芭蕉，心如莲花，百节疏通，万窍玲珑。来时一，去时八万四千。

苏轼说："此义出《楞严》，世未有知之者也。"所以我等泛泛之辈，更难领其二三意了。但正如有虔诚心意者所信奉的那样，当下要放下，四肢百骸，才得通透，得玲珑，才能万事清明，福慧自长。

人生大处，有命，有爱，有名利仕途，样样束缚；小处又放不开，争吵，得失，混沌难分，纠葛难了。

殊不知，正如张晓风有言：千泉引来千月，万窍邀来万风。放不开一，难得八万四千；争得八万四千，却不知，八万四千是穷，一才是无穷。

百节成岭，岭通岭，春生夏长，秋收冬藏；万窍如流，随风随落花，自任东西。

也许人生所需的，不过是，听得了外来风雨，也能向内开莲花，向外看尘埃。

我的浪漫像一座春天

最近在常去跑步的垛顶山发现一条隐秘的鹅卵石小径，一路蜿蜒而去。小径窄，鹅卵石很多。在一个台阶下面，意外发现黑色卵石组成的四个字，“秋兰虫声”。这普通的近乎被人遗忘的小山上，竟有人写这样诗意的四个字，以前所见的，大多是“欢迎你”一类的俗语。要知铺这样普通小径的人，多是上了年纪的老人，没人会为一条小径铺出一路虫声。于是开始想象，也许铺路人，是个老诗人，是个爱山人。

一想，就感到特别幸福。再一想，幸福何尝不是一条路，只是需要自己铺出来。有人最后铺成一丛荆棘，有人铺一路诗，铺成一段好时光。

走一条小径，一路秋兰，一路虫声，朴素的日子一下子透亮起来，浪漫起来。

李汉荣曾在文章中记录了年少时与一个女孩相约看虹的时光。终于看到虹的那一刻，女孩让他写一首诗。就在他对着似乎专为他们才出现的虹，内心情感满溢的时候，虹突然消失了。可是诗还没有写出来，“空荡荡的天空，写满我的遗憾”，他竟然哭了。

女孩却单纯地笑了，说：谢谢你透明的眼泪，大自然会妥善收藏它们的，下一次再看见虹，就不一样了，虹里有你的泪珠，有你的眼神。

当我读到女孩说的话时，眼泪一下子蹿上眼眶。世间原来有这么

美好的情感，有这么清清白白的时光，只一起约好寻雨后初晴的日子看虹，只是在他纯净的眼泪里，便温柔地懂得，他的不舍，他的深情，那才是最美的虹。

喜欢这样清清白白的时光，温良，娴雅，幽古，寂静。走在哪儿，心上都有水泽，清澈自喜，眼里都有云，舒卷自如。

那些清喜自持的岁月里，我喜欢过很多这样的时光，如今回首，都似一段段浪漫的旅程。比如看书的时光，写信的时光。我一直觉得，人生能有一段时光，静静的，缓缓的，在花影下看看书，月窗前写写信，该是一件多么浪漫幸福的事。

书可能翻不上几页，翻一页也可能看不了几个字。但就是那样，静静的，风在身边缓缓吹着；缓缓的，书页在手指间静静闲着。

信可能不知写给谁，写给一个人也可能提笔即老，欲说已忘言。那就写给岁月吧，给岁月写一行春风，再写一行花开，另起一行，就自然写到与一个人的初相遇，写一行好时光。

这样的时光，像一面光滑的镜子。当有一天岁月已晚，你照见青丝一缕，鬓白两边，有片刻的失神，伤感，但还是笑了。你把青丝捻线，往事作饵，随风一抛，静坐闲等。看看能不能在镜子深处，钓到几页你写给她的诗行，或她唱给你的歌声。

然后，在这样娴静的时光里，做点值得回忆的事，比如像一位诗人写的那样——种一丛花，某一天，便多了一些财富，十七片嫩叶，九个新芽，叶片上晶莹的露珠，和两朵娇美的花朵，还有一个路过的女子，和她的嫣然，花朵般的笑。

可人生也好，爱也罢，难得一路小桥流水，清风明月，更多时候，袭来凄风，卷来苦雨。走不见画栋飞檐，行不识花香鸟语；走的自是泥淖，行的是荆棘。

我愿人生行走间，遇泥泞，就在心中长出一条小径，逢阴雨，便从诗人那儿借把油纸伞。

好人生，能看花开，听细雨，也能向晚一帘风，看斜阳映山落；能走过“二十四桥明月夜”，也能挥别“多少楼台烟雨中”。最后不管风雨飘摇，都能静静走进一条小巷，一条小径，走在青石斑驳的往事里。

多年后，花事已过，年岁也高了，风轻轻吹，雨款款来，一把油纸伞，是诗人浪漫的诗行；只有我苍老脸上的皱纹，和两鬓清白的时光，才是我自己的浪漫。

到那时，你坐对面看，微微笑。因为你在，我的浪漫，不流俗，就像一座春天，住满百花的种子。

一片闲云到枕畔

闲时偶尔看画，水墨闲澹，却透着混沌气象，苍莽意蕴，让人气神渺若云汉。

比如米友仁《潇湘奇观图》，真是下笔在“奇”。画作不为笔墨所拘谨，而是长天云物，怪怪奇奇，得自然之真趣，一派元气淋漓。

我还喜欢甚至偏爱瘦墨——不论是一轮山郭，或一方水乡，墨几缕，润着静，润着细，逸笔浅浅，却尽是情意绕绕。

看画只是我的闲趣，看一眼，犹如打开另一片日月，看到另一方天地。

见过有报纸副刊名叫“闲情”一类，但所选文章，内容依然是劳劳碌碌被拘役的记录，累于物事，何来闲情？即便调侃揶揄，也透出半点无奈苦涩。

其实自然一草一木，都有故事；生活一筷一碗，也尽是风情。

闲，能达至美境界，只要一颗心，闲在情意。

闲，是奔波之外，与家人找一野山坡，看看云，翻几页书；是五分酒入豪肠，三分酿成月光，留二分心意与友人做一回月下客。

闲，是平常岁月，自有闲适安排，如安妮宝贝说过的——清晨早起打扫庭院，插花，焚香，白日劳作，晚上喝酒看月亮。

闲，也是凡俗你我像渴望住在唐诗里的作者刘天箭一样得笔下逸趣——门含青蒙山色，窗绕绿漪琴声。招一角飞花飘入清茶芳茗，剪半段溪流巧赋天籁玄机。

或学简媜去登山踏野，问樵访叟，得“幽篁里抚琴的高旷”，得“烟寺晚钟的清寂”，也真能于每一首山水诗中邂逅一位旅人。

简媜在学生时代读课文中马致远的《天净沙》，说很多学子被“夕阳西下，断肠人在天涯”倏地把一颗心弄老了几十岁。

这哪是老？这个“老”，是用情极深，它分明就是她大学醉月湖畔“柳深藏雀”的一份闲情。

人生得闲，就应该闲在一份情意中，与一山一水、一草一木的情意，换来闲坐江岸，听流水为你说书。

门里植草木，闲在情怀。孤山不语，密林有曲径能通幽，找到的人，必有随缘自适的情怀。

苏轼贬谪黄州后，老友马正卿向黄州府求来城东门外五十亩“故营地”给他耕种。来即安，顺其自然，欣欣然做起“散人”，“东坡”这两个响当当的字便由此而来。

次年一月，苏轼开始于东坡下废园建堂，堂成，适逢降雪，遂名雪堂。苏轼自书“东坡雪堂”为匾额，并闲来“绘雪于四壁之间”。

多么闲适而安，得一坡，即取“东坡”名，落了雪，遂得“雪堂”字。

随意之闲，也许是因为苏轼更懂得，随缘自适是人生大境界吧。所以，他随后才能在堂前栽柳，种红梅，堂侧有暗井、微泉，后有茶、桑、橘、枣、松竹、栗。

这样的闲物，哪样不逸情，哪样不忘机，真是安适得令人生羡。

情怀得闲，随缘自适，整座山都是自己的了，也难怪苏轼在《临

皋闲题》中会说：江山风月，本无常主，闲者便是主人。

这样随缘自适的闲，已是出尘入尘的境界了。懂闲之妙，闲来清静。纸上的诗人，几百年里没有人能叩响他们的柴门。

但“人闲桂花落，夜静春山空”时，他自会来与你相见——人闲时，才能看桂花落，落下的何尝不是桂花香；夜至静处，才能心有空山，寂静作响。

或者“我心素已闲，清川澹如此”之际，你便能遇到他——心有闲，便是纯情草木，草木即诗人；心有闲，眼中世界，便青山淡泊，淡泊即柴门。

我们处世，纷争、恩怨、得失间，需要的正是这样的清静与淡泊。而感情世界中，忙着追幸福，急着证明爱，团团转，到最后不过是兜兜转，无所得。而适时闲下来，牵一只手，披一肩月光，走一条小路，闲能致远。

我们置身喧嚣人海，难有清清渺渺的世间，但我相信，自有踏花行人，携尘世寸心，一壶浊酒，于风雨过后的黄昏，就着点点破蚀的往事自饮。

这一时，就让时光在窗前闲着，就让桌上一本线装书，被吹进窗的风翻过几页，又几页，闲来无人看。此时，风进屋，月进屋，一片闲云到枕畔。

风绕枝，花抱香

这几天一直在姜夔的《淡黄柳》和《暗香》两词中流连，但只止于上阕。

伤春怀人的作品，景本来是景，萧瑟的是人心。但《淡黄柳》上阕，如不考虑国事，只拂晓，单衣马上过巷陌，寒意来袭，寂寥无人，心下“寒恻恻”，但沿路“鹅黄嫩绿”，也许还记得当年事，才称得上“江南旧相识”。

一枝鹅黄嫩绿，清风往事拂面；一路嗒嗒马蹄，回江南诗一行。《暗香》上阕，“旧时月色”，可怜“几番照我”，但人已老，“春风词笔”也老，当年“梅边吹笛”事，恍然在昨，最伤人。恰在这时，“竹外疏花”暗送香，缕缕润着一份清，一份静，却清而不冷，静而不寂，是别样的美。

你来或去，留一点鹅黄，几朵疏花，都是一年春好处。

心不拘于樊笼，人便自在宽舒。春寒望兰，秋凉看菊，冬寂赏梅，寻一些自在事，抛一堆劳役锁。看“一点红”，赏“无边春”。

王家春的哲理画，拙朴见趣，线条粗放，但境界细腻，小处一几一茶，或一石一花，清幽静雅，让人看了欢喜。在笔风上，又收放自如，处处自在。

其中有两幅分别画早晨和午间的，一幅题字“太阳每天都是新的”，一幅题字“天上不会掉馅饼”。前者图中，红衫书郎面对大海，海上日

出红似火，身后木墩方桌摆茶，桌边大书叠立；后者红衫书郎抱臂睡于红果树下，另一斗笠君持长竿，竿端系网兜，四处奔忙，寻天上馅饼。

只是看看初升的太阳，只是睡在一棵树下，让茶温着，书闲着，果红着，别人忙着，真是悠闲逸兴。

一两个月来，一直坚持七点左右起床跑步，恢复以前乐事。所以对晨起看日，有一丝遐想，只觉披一身灿阳，迎接新一日，烦杂纷扰便不再染身。

每天跑至海边小山，望海看日，大自然处处是窗，不推自开，处处是香，春暖花开；跑小山上，在晨光鸟鸣的山风里，踩响满山的音符。每看新阳，对于过去的所有美好，又念念在心。

于是给那幅红衫书郎的画配了字：晨起，好茶温上，好书闲放，新日又来，旧念不忘。

午睡于我，却是难得的事。十多年来，几乎不曾午睡过。

但对于一次睡在幽深山林的往事却记忆犹新。应是十年前，同事一起去一山村喝喜酒，酒后找人放行上山。沿纵深山路攀爬多时，最后到了一块空旷处。旁有高林，可能不胜酒力，我在树林里小坐，竟睡了过去。

夏日炎炎，林风清爽，醒来后，突然感觉自己变了一个人似的，从未有过如此惬意的享受。

至今想来，我对山对树对花对草的喜爱，应该就来自那个林间午后的。甚至，我所追求的心灵开阔，精神超拔，全是从那场午睡开始的。

人生那么多雨疏风骤的昨夜，今朝就做浓睡心安人。红果依花开，浓睡不靠酒。清风自在来，我心自在安。

某一时，也许很静，春未深，或秋未凉，缓风绕着花枝，枝不动，但你能看见风。花香也是缓缓的，一丝丝，若有若无，被绽开的花瓣抱成团，一团喜气。

我们都活在挣扎里，心无开阔地。请以温暖的手，牵起风，牵起洁白的诗行；请以美好的愿，画眉眼，画一抹浅笑，画无邪又无伤害的爱；请以自在，对望，请以自在，相爱——让风绕枝，花抱香，溪水越石，静水流深，抚琴听者知音。

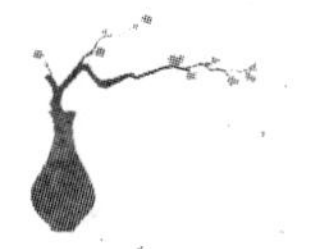

第三辑　衣襟带花

人生之美，大概就是能做一个衣襟带花的人！

不论在哪里，在何时，行，是一缕香，

染在眉间嘴角，微微含笑，笑意如清溪水；

坐，是一个词牌的坐姿，美到寂美，静到静远，

温婉，淡定，不动声色。

一抬头，云在肩头

在上山的草路上，惊喜地发现竟有新生藤条，三四米长。小时多见，扯来攀树，现在不舍得扯断它们，只顾牵在手里，用力拽几下，想看看它们是不是柔韧依旧，筋道如初。

这样，或许有一天，我可以借一条，荡到云上。庸常岁月，随一片云，朝饮木兰坠露，夕餐秋菊落英，看山蜿蜒，水流转，清风明月来去无古今。

走寻常的路，养朴素的花，过诗意的生活，愿做一个一生有云的人。

陆游七十岁，欣喜“登山未用扶”；八十岁，仍是山中客，“八十可怜心尚孩，看山看水不知回”；九十高龄，不改初衷，洒洒然一挥手，“偶扶拄杖登山去”；待到实在走不动，云游山水的心不老，“老来无复当年快，聊对丹青作卧游”。

这样的一生，真是令人生羡。仿佛一生都走在云里——行过的路，云铺；攀过的山，云住；看过的溪，云流；听过的风，云送。似云闲散，若云悠然，“青山白云过一生”。

绘画讲究“笔底云烟，以心造境”。其实人生的画，就那么几张。青春一张，岁月一张，爱一张，恨一张，洒脱一张，困顿一张。

到老千峰画不尽，笔下净是云，就来一张留白，也只能留白一张。

说是说不尽了，恨不从头心造境，为自己写一笔云烟，走一路云卷云舒。

总觉得世间情爱，少一朵云，一朵云的飘逸，一朵云的情怀，一生便再无传奇。因为贪念多，私心重，因为不懂宽容，不知退让，往往窗前檐下，风雨飘摇，一地瓦砾。

寄情山水的隐者，能行到水穷，也能坐看云起。当你的心越是简单时，比如不计较方式，不计算时间，不计量得失，越容易看到美。

所以李白看到了，“兰生谷底人不锄，云在高山空卷舒”；所以王维愿意，“埋身白云长已矣，空余流水向人间”；也难怪，寻隐者不遇，谁能走到“云深不知处”？

蝇头微利，蜗角虚名，如此执念的心，常需云涤荡；捆爱枷锁，困情泥淖，如此局促的情，常需云放怀。走到哪儿，爱到哪儿，都能抬头看天，心怀有云；如此，人生一回首，青山卷白云。

抬头看天，只是看，什么也不用多想。云很高很淡，就像有些感情，就在那里，高天云路，带你到白云深处。有些感情的好，就是这样，得蓝天映照，不需要攀附，你一抬头，云在肩头。

云在肩头，闲下来，就垒云成阶，修云成篱，铺云成径，再耕云种诗，播云种花，活如云山苍古，行如云海缥缈。

到那时，我就是个浪漫的人。我投一个眼神给你，你便眼前悠悠白云飘；你敲我一声柴门，我便心底回响白云歌。

你在窗前写一行红笺小字，我从遥山寄一封云中锦书；你卷一角月色珠帘念念千里，我扯一窗云影相伴眉尖心上。

落花门巷

有一座房，只要在山间，不管多简朴，热闹时，桃花笑春风，静谧时，人闲桂花落，就是好居所。春来客舍青青，夏至纷纷红紫，秋来风清云白，冬至木窗含雪。四季，人在景中，心在尘外。

我痴迷流连过很多这样的山村简朴人家，也看过他们门前草木。那时也只是欣赏，会在不远处，痴痴坐一会儿。

今年早春又在一户人家门前赏过一树杏花，它是忽地闯进我眼里，朵朵花，零零星星俏立枝头，落白却一地。

当时放眼山上，青色如缕，更难见桃红柳绿。我又转向其他几户门前的杏与桃去看，却不见开花迹象。独独这一棵，不但早开了，还急急地落了一地。

不远处有一老人坐在木椅里晒太阳，我过去询问。老人眯着眼望向杏花，然后答非所问地说：你没看见锈锁？那家主人好久没回来了。

这棵杏树，早开花，难道是盼主人归来？为怕主人早归，所以便早早把花开好？我幽幽说了一句，老人说，它也开给急性子人看。他说的急性子人，原是早早来寻春的痴人。我在心里暗笑，我算一个吧！

便再跑过去，站在杏树下，让杏花落，落在我心上。

我想象着，这样的山村人家，住着一位古诗人。人品似梅，高洁脱俗；性情若菊，清逸自持；面容如桃，丰盈俊朗；身姿似竹，清莹秀颀；气韵若兰，幽香朗润。每日晨起焚香，生火煮粥，而后一蒲团一书，一壶一杯，选屋后山前树下，翻书饮茶。

也想象着，我拥有这样一间杏花院落，住着住着就住回古代，住到一瓣花里，一颗露珠里。渐次住得心底风光，几笔淡墨，都成好画，有赏不尽的美。

也总有人急性子，早早来，走进我这落花门巷。在几缕薄香里，凝思静立，心神仿若回到往事里去了。然后便从门缝里探访院里春色，或跳起来，眼神越墙而来，恨不一霎投到这静山院落里。最后，因盼见一院早春色，动了爬墙的念头。

早早地，我放了旧书于墙角，再借几片云铺阶，你来来去去自由，上上下下自在，开开心心自赏。我在屋里窗前，不惊不扰，微微含笑。

我突然觉得，人人心中都有一条落花门巷。一路行走，念起的总是一颗初心，盼花开时，相遇一场。

总有一株花，为了这一场缘，早早开在路口；总有一个人，为了赴这一场约，早早来到门巷前。从此，往事流云，眉间清风，心上落花，都是好风光。

每年春天开始，我会早早地，将心底风光，描上丁香枝上，豆蔻梢头，转载到人间四月。开不尽，落不完，姹紫嫣红，与好花，好时节，低眉同语。然后，静静等一人来，入诗入画。

清风为你翻书

闲翻书，看了两篇文章，都是写寺院的。一篇写寒山寺，一篇写普救寺。一开篇，两文都简洁，吸引人。

写寒山寺，一行一段：一步恍若千年，千年只是一个擦肩。说一千年前张继孤寂而落寞的身影，刚刚消失在枫桥的那头，一千多年之后的自己，则循着那一阵阵深深浅浅、忽远忽近的钟声，匆匆而来。如此心境，实在是好心意，所以自然让人理解了，为什么那么多人远离尘世来此，只为听听夜半入梦的钟声。

写普救寺，一诗一段：一更山吐月，初夜水明楼。虽是化用杜甫经典诗句，但想想于此张生巧会崔莺莺那一幕，这一句诗，化得如此巧，胜过千言。

夜半钟声，一步千年，终是去了，终是与古人未得见，又惆怅又美好；山吐明月，初夜如水，置身这样的寺与夜，想人生初见时梨花院落月，最终无奈柳絮池塘风，生几丝凉意，但在此山月夜中，唏嘘之余，清凉的景仍那么美。

这样的钟声，这样的月夜，仿佛不在世间。在心上书页间，清风帮你翻开。

时常会感叹，原来美好的心意如此相通。那次也是闲翻书架上多年前一本刘墉的书，在前言里，他说被人们遗忘，对大自然来说是何

其美好的事！那时他搬去一湖畔，临水而居，住一半，留一半庭院，完全不开发，任杂草丛生，藤蔓攀缘，杨柳猖狂。

我也曾写过这个“任”字。所以格外明白，隐于世外荒野一湖，与自然寂然相对，该是怎样的心灵胜境。我仿佛也随了去，临水徜徉——在春日，看辛夷、杜鹃、樱花盛放，柳梢织薄纱，湖上雾起；秋天时，阅几分颜色，枫树橡树的红，银杏胡桃的黄，再加上槐树小小的叶片密如雨下……单单的景，任人看任人喜，一霎，心安于一处，满心欢喜。

人一生山光水色，任他东南西北风，山不显，水不露，人不惊。一个“任”字，让草想青就青，想黄就黄；一个“任”字，让天高，让地阔，让心宽。

记得多年前看过一篇文章，作者提到曾去过的一山村。进了村，遇狗狗不叫，见鸟鸟不惊，逢人人不躁。我一直认为，那是真正的世外桃源。

在那里，春时澹澹看溪，夏时炎炎赏荷，秋时萧萧望雨，冬时寂寂听雪。从此后，枝枝新芽，院院花香，树树秋声，山山寒色，一季一季，都是读不尽的诗。

或者就如古时童诗中所记——春游芳草地，夏赏绿荷池。秋饮黄花酒，冬吟白雪诗。如此，欢乐几分，热闹几许，染一身好风好水。

因为人在世外，心有洞天，所以才能自在，推门携远山，见溪挽碧水，夜来揽月色，翻书有清风。

清代袁枚，晚年自号“随园老人”，求的自是这样的闲适安逸。他曾说“人闲居时，不可一刻无古人”，想想文中提到的村落，行处，坐处，静处，待处，哪里没有古人，一定处处是古意；又说“落笔时，不可一刻有古人”，意在让写者“精神始出”，见到自己真意。但在那样的世外天地，素纸落字，写什么，都缠绵着一份清幽之心，出尘之姿，哪里还需要古人在场？

多年来，心中也时常辟一园，随兴时有花，劳碌时有风。每每走在行行字间，犹如走进春兰秋菊，夏荷冬梅。我在这边轻语，花在另一端喜颜相望。我在冬深白雪窗前一念，整片土地便泛满春意。

为自然赐我这样一份情意，时常我只愿，我是低低不开花的草。在天之广，地之阔，随处都行，春天探头，夏天绿，秋天枯掉，冬天盖洁白洁白的雪。

盖的何尝不是洁白洁白的梦。梦里仿佛一下子遇到春，做了空谷一株兰；又逢夏，整个人如新出荷叶，亭亭净植，换了容颜；直待落花时候，繁华抛却，人共青山瘦，正盼着人间世俗烦扰，“万事到秋来，都摇落”，一路盖满白茫茫雪。人生到此，一切都静了，净了。

忽然觉得，一生仿佛在一本书里，隐在一行，落在一字。然后，被一个人，一场清风，将我翻开。

书中一个字，一个标点，走的都是山间路，看的都是山间景。耳有深山钟声，心有夜色如水，走累了，看累了，就回到窗前，静静，静在窗前。此时正好，留点时间，给世间往事，被温柔念起。

是的，留点时间。看过云，看过水，再看看，云青青欲雨，水澹澹生烟。人一生，总该有一场烟雨，留在某一时念起，淅淅沥沥，滴滴答答，湿漉漉的纯美。在这一场烟雨里，有人为爱，走在石巷里，有人为花，行在画桥上。

掌叶半夏

掌叶半夏，多年前当我第一次知道这样美的名字，不过属于一棵杂草时，竟有些不愿意相信。

于是我给它作了新解；叶长至掌大，夏已过半，就像一些爱，浓如枝上槐花，溪中青荇，越是浓烈的，越是易逝，半夏已过，转眼秋风起。

曾经每到盛夏时候，就会盼秋。念念秋风起，盼天高，云白，水清，树叶沙沙写诗，流水带走落花。仿佛人生至此才能终到清静地，只等白露为霜，月色浇衣，心安静好。

如今越来越觉得，慢一些，慢下来，就算夏日酷热，慢一些，才不会愧对一些东西。所以，慢慢地走，我请求。

我请求，太阳你慢慢起，给我一个露水的清晨；我请求，树叶你慢慢枯，给我再多几声鸟鸣；我请求，夕阳你慢慢落，给我再多时间走进黄昏。

夏夜对我来说，是一行行草木葳蕤的古诗小径。你走着，坐着，那寂静的好，让你顿时明白，你不曾真正听过花绽开的声音，但你相信就在此时，你听到。

夏夜一定要往夜的深处走。那时，月朗起来，风轻起来，像是被诗人笔尖带出来的，太不经意了。但走在夜深处的你，一定是被前世某人画出来的，那一眉一眼，是在云水里蘸拂过的，所以那一笔一画才灵逸俊朗，气韵自生；那一身一姿，是在月色里浸染过的，所以那一笔一画才清雅劲拔，无尘俗气。

这样的夜，这样的深远之地，是一定要看、要听的。看就看脚下，一棵草，或草上一颗露；听就听耳边，一串细风，或细风里一串叮咛。

你会忽然明白，对一个人的思念，或怀想，是这样轻，这样美，这样不惊不扰。那么，此时就可以安心回去，回到内心，在窗前小坐片刻，你便能看见露水已眠，听见细风呓语。心便静下来，静得如清流水，静得如缓缓风，心满意足无他求。

即使掌叶半夏，也觉得整个身体里，草木苍翠，有人在走，如走诗行。

林语堂看清代忆语体散文《秋灯琐忆》，看出秋芙与《浮生六记》中的陈芸一样，属可爱女子，得胜赞，使得作者蒋坦也得了名气。

我非常喜欢这篇，一点也不亚于《浮生六记》，只因为，喜文史，好佛经，谈心参禅的一对人，在作者笔下，并没有因为失去至爱而断了琴瑟之音，不悲不凄，所记幽闺遗事，琐琐写来，清淡隽雅。

也许是倍加珍惜相处的日日，即使秋有瑟瑟风，凄凄雨，笔下却不谈忧戚，只有“风月正佳”两相会，即使秋芙病重，“不能常事笔墨”，却仍“间作数字”，大概为的也是珍念的岁月，所以几字格外“秀媚可人”了。

蒋坦曾写诗叹“一年容易到秋风”。大概只有经历了岁月不再，时日不多，念无眼前人的人，才更深地懂得这一句，而无限苍凉。

也是因此，我格外想看他们夏日的时光，宁愿不再盼秋，宁愿他们赏花，喝茶，参禅，让时光慢一些，让他们永远不痛失对方，热烈如骄阳，美如夏花。

人一生走来，如同从六朝华都，五陵年少，走进一道残阳，三山半落。现在我能做的，就是心安在一处，放眼看去，放怀走来。掌叶半夏，终要看落叶静静落，看白雪染白世界，染白发丝，但总有春来，青草初绿，花初开。

月光帛

我总觉得，人一定要闲下来，至少要享有一点闲时光。闲闲地读一本书，看一株花，或赏一窗月。

然后在其间想象，是一件非常美妙的事。比如，想象月光落下来，是一匹古代的帛。一屋子的岁月，织在帛上，织上春兰，茉莉，一案一几，一书一茶，织上窗明心净。

清风好客，在帛上绣琴音，春来到秋，弹得水流花开；鸟鸣相邀，衔一朵桂花，夜静时，人闲散散，走走数数，八九十枝花。

这时，你走在月光里，月光也在数你，一步，两步，四百又八十步，你就走到古书中去。听一曲眼儿媚，看一帘海棠月，忆一回江南好，望一眼相见欢。

你读的，何尝不是一个人的心；你看的，何尝不是一个人的眼；你赏的，又何尝不是一个人的爱。人与人的相逢、相识、相交、相惜，不过一池萍水，几点荷灯，既有相识，应有相惜，朗月在窗，花在香。

羡慕古人有茅屋两间，歪歪斜斜在山间。仿佛风一吹就破，雨一打就漏，但几十年它依旧在山间。白日，云来修；夜里，月来补。两间，总是要拿出一间置清简案几，放在窗前，几上有书卷。夜里，月光布满书案，做清雅的帛，将朴素的身影，印上，将瓶花的香气，印上。

有客人来，静坐饮茶，说书说山，直说得月光一旁展成帛，一笔

一字地记。记东篱菊开，远山枫黄；记石溪成潭，花开影落；记春桃吐信，百花成诗；记苍松绕云，月开晴窗。

满满的字，谁说山中无事，这一样一样，记在月光帛上，正好说给一个从此经过月夜迷路的旅人听。

若住山间，有月光草舍自然最美，园里草木，清风夜露，都一一静到画中。

曾看到有人细细打理自己的庭院，哪一出低篱适合夏日养出一丛天绒红，哪一出围栏适合培植紫罗兰之星和茱莉亚夫人，哪一角暖地适合栽一株梅，都安排得妥帖。古朴泥罐养石竹，多肉垂盆草枝条自高架凳上朗朗地挂下来。萱草茂盛，彼岸花稀稀在一边开几朵，美艳至极。春夏花浓，到了秋，院门一旁黄槐决明开得更疯，张牙舞爪，长长花枝探出院墙，入秋后，枝梢早早挂了串串豆荚，俏丽惹眼。在栽植间种细碎、简单的小米菊，一派秋光明丽。

夜里，姜花开着白蝴蝶花，清逸出尘的身姿，被一片月光轻轻笼着，散出幽幽清香。泡上一壶茶在廊架下坐坐，看看眼前花草，月光游走，又迷恋地泊在花间，你会感觉眼前一切不真实。是的，因为你坐在画中帛上。

有些人的内心，恰如月光草舍，静在帛上。你走进，恍若置身曲径幽深处，峦俯碧水，清凉满怀，峰谷含烟，白云萦绕，别有洞天；你静坐，仿若坐临红影小窗前，窗含水月，花枝傍香，书卷半展，一帛小字，自有光景。

今日晴好，我的早餐，是一碗花。

叶老了，花老了，果也老了，正好，我的相思也老了。

什么时候，你摇响花的铃铛，
我便什么时候，快马奔来。

你在岁月的一瓶里妖娆，我必在光阴的一瓶里旖旎。

闲闲赏月

纳兰词里有“露华清，人语静”的句子，曾是我觉得赏月最美的境界。月是清的，人是静的，不需赞美，哪还用得上言语，只静在那里，才配得上一轮皎洁月。

曾在文中写过山月半句，对山月有偏爱；也曾在老家院里，看山月高悬，站在那里，享清凉世界；更曾在春夜站在老屋老梨树下，看月看新花如水凉，念一句“早月多情，送过梨花影”，便更深地懂得，只有山月，山月才能把诗句开在枝头，让一个人闲闲坐在一行行诗句里。

一直也喜欢这个“闲”字，觉得它有至美而通透的意蕴。以前写过“闲”字，说它是“门里植草木，闲在情怀”。不知造字时，“闲”是不是因此而来，但感觉这个字，这样写，实在是好。世事繁杂，人心劳碌，“门”里住着“草木”，才可称得上一派闲趣。

山月的美，就在山间有草木。月与草木，一个闲在云端，一个闲在山间。

李白应该是写山月最多的诗人，在李白笔下，山月“照耀着沧海，

照耀着秦川，照耀着黄鹤楼，照耀着长安陌，照耀着吴越”。

羡慕他在“峨眉山月半轮秋”的伤感里，一定是摘了一片叶，做了扁舟，漂在江水上，即使离别也洒洒然；羡慕他草来拂衣时看“暮从碧山下，山月随人归”的喜悦，人生一路，岁岁年年，草木葳蕤，到老能赏得这一山月，一回望，“却顾所来径，苍苍横翠微”，心下坦坦然。

我买不来山间一块地，一片天，一丛草，一棵树，没有屋半间，灯半盏，窗半扇。但我有满山的月色，树陪我静，草陪我闲，风伴我静，虫鸣或白雪伴我闲。

一年中总会有几次，夜里攀上一座小山。春夏时，闻草木清香，看月色倾洒，洒下流泉百道；秋冬时，听虫鸣雪落，看月色流泻，泻下素锦万匹。

一直很想睡在野山中，夜里，月是灯，照我草木豪宅。却只能偶尔，夜里醉一分，风铺路，月引路，在山间躺一躺，伴我草丛星点花，白雪行行诗。

人心中都该有一轮山月，或圆或缺，或近或远，或随或伴。静时品一杯茶，月色就在袅袅香气里升起；闲时看一株花，月色就在瓣瓣暗香里浮动。

平常日子，闲闲地看，看月亮弯了，弯成细眉，又渐渐圆了，亮了，静谧了。闲闲赏月，暂时抛开俗世，去感觉一颗心，渐次皎洁，圆润。

途经一生，写过好墨一笔，读到好书一页，遇见良人一个，都是最美的事。延参法师说：“这世界来过，不辜负花开花落，更不辜负这洒满清辉的世界，还有这清清凉凉的一地月光。”

这个世界，一花一草一木，不曾辜负一风一月一水，人内心的世界，一日一月一年，也该不辜负一景一墨一书。如此，内在世界，清清凉凉，欢欢喜喜，有人经过，披月而坐，正适合展开花笺，写几行知心事。

朝暮一瓶花

明朝吴从先曾谈读书乐事，其中有关于住所一段，简语几笔，所描所绘，清幽，如画境——斋深，槛曲，树疏，萝薜青垂；几席，栏干，窗窦，净澈如秋水。

榻上有烟云，笔墨泛花香。居此读书地，一书，哪一页不是曲径幽深，清凉世界；一笔，哪一画不是含灵蕴秀，天成胜景。让人恨不被一笔写进书中，从此逍遥自在不记年。

我们是难有此居所了，但山中草木，花枝，云水，一样样，既可入诗入画，也可入眼入心，更可入房入屋。

有闲有兴致时可入山林，能见许多野花野藤，再细心采几株几枝，回到家里，按自己心意，插几瓶花，静谧，知足。

瘦枝疏叶，斜逸出瓶，瓶敦厚有致，置于书桌，古拙清扬，安妥妥地收着春花秋月，虫吟鸟鸣；若枝上有一二枚红果，果饱满烂漫，枝则正好枯简，略有老意，便显孤迥特立的秉性。这样的枝老果艳，人端坐书桌前看，如在妙境，定是神融笔畅。

野花小朵，两三株成束，净瓶净水，花色如颊，依依簇拥。选五六朵，叶疏朗爽气，小巧讨喜。若是枝花，选恬淡之姿，枝曲，剪多余旁枝，花小而俏，瓶取古朴貌，一枝生百千意，却又凝神之际，给人无念之境。

几茎细草，必不可少，直直瘦瘦，高高挺立。春夏时看的是叶，几片绿，气韵生动，有秀朗之气，衬着花色；秋冬看老意，即便狗尾巴草，枯尽气息，却透出老境之美，与花同瓶，又透出的是胸襟气象，给人清幽旷远之境。

偶尔也看看古人的插花之道，一摘，一剪，一插，一放，每个动作都细致得令人不敢呼吸。选瓶更有讲究，沈复对此心得颇多，是有情趣之人，明朝张谦德更是详尽细说，令人敬佩。一枝一花，如何选，如何配衬，也尽是学问。

平常人，一瓶花，一段时光，只求淡云舒卷，与自己静静相处。出门看白云抱山石，进屋闲插瓶花三两枝，正如懂花人所言，朝暮一瓶花，斗清不斗奢，一几一榻一画，陋室得馨，不远行而得自然。

是的，朝暮一瓶花，清目净心。侍弄是美，摆放是美，满满的心意，仿佛都在那一瓶、一枝上，独立而美好。伴一几一榻一画，一书一茶一香，心中有曲径，万念已通幽。

奔波，劳碌间，若能朝暮一瓶花，该是多么闲逸喜悦。微花细草轻语，白云幽月探看，眼中尽是草色烟光，花枝映照。

一瓶花，住进屋，何尝不是人住进花里。其间的时光，很静，花斋花窗，自是清幽画境。再于花前读几页书，间或静坐，或念，或怀想，一抬头，瓶花有静谧美意，已将山水带到你眼前，与草木温柔相见，脉脉不相语，美到无言。一如清代画家戴醇士所言，“高山雄尊，流水潺湲。徜徉其间，心契无言”。

草木宅心

常一得闲，最愿跑到山间。

山有岚气，树有寂心，花有细语，草有低吟。置身其间，抱素守寂，仿佛看的、听的、摸的、闻的，都曼妙不可言，让人无缚无系，行立自在。

这山间，历历明我眉目，净我心神，我曾放肆地形容，那是我的“草木豪宅”。采云两团，置门两扇，然后借鸟声为笔，溪水为墨，林间日光，夜里月色为帛，写两行拙朴字，挂上门扉：

草木宅心，花月开窗。

古人有临水小阁，旁有花，花下可饮清茗；也有竹，竹逸洒，正适合寡言静坐；月色好，可酣卧；下霜时，看红叶，或忆香；窗外雪白，便挑亮炉火，闭门读书。

人一生，总能活在古意里——行走间，心气朗清；看花枝，静生香；随风去，枕云眠。

开始决定好好认识一些花，细细与一些花交心，是在每天傍晚穿过的松林里有的念头。当时天微雨，松高，林静。

初秋的雨丝，让松林更深、更静。那时心里只觉得再没有四个字，如“微雨松林”更美的。就在这时，看到一小丛野花，叫不上名，瓣薄，淡黄，上翘，染着雨珠，清新照人。

想起沈复曾寥寥几笔写过的山林野牡丹，“二三月花，至八月复复花累累细如铃铎，素瓣，紫晕，檀心，圆而大，颇芳烈”。

虽是素笔心语，却因为热爱，看得才细腻，只绘它颜色，描它样貌，都觉得美到极致了。所以沈复才写“山林不断四时花”的句子，大概人心也可作山林吧，好风好水，自在心间。

前人曾总结：古人弹琴，弈棋，读书，绘画是雅事，而焚香，煎茶，挂画，插花，是琐事。

平常日子，琐琐碎碎，添一香，窗月缱绻，清眉净心；捧一茶，杯生烟云，素手挽花；赏一画，衣披山光，目含水色；剪一枝，细瓶侍弄，枝疏花清。

人生难得的乐事，大概就是，闲下时间，静静看花，走在路上，偶尔看云。让草木为宅，让身体里住着一个诗人，让路走成一行行诗。

百花深处

百花深处，一直喜欢这四个字。

北京有一条胡同，叫百花深处。名由明代一对夫妇而起，他们于此置田种菜，辟园养花，招蜂蝶起舞，引墨客垂爱。有描写说：春夏两季，香随风来，菊黄之秋，梅花映雪之日，也别具风光，可谓四时得宜。

想想，寻常巷陌，杏眼柳眉春到夏，秋冬菊黄梅映雪，谁在烟火里画出这样的草木人家？斜阳草树，百花深处，晨有清露，夜有月。

这样的地方，在古时一定住着一个玲珑女子，月上枝梢，针线闲拈，你读书，她把花好月圆绣遍；自然少不了一个书生，他翻得了土，种得了花，地能阔一尺，一春草绿到窗扉，也能揩汗成云，巧手侍墨，送你印花诗笺。

真是只有在百花深处，才有如此笃定的情意，才能闲来“看花枝堆锦绣，听鸟语弄笙簧”。

人生能有一处地，在百花深处，娴雅僻静，整个人一定也染着一份雅、一份香。

听过一个小故事。他对她说，我爱你，她答我知道。后来他说他不爱她了，她回我知道。过了一段时间他又回来说，我觉得我还是爱你，她依然说我知道。他不解了，问她你为什么这样风雨不惊，你到底都知道什么。她答，我知道，我爱你。

如此沉静、内敛，我想，若真有这样一个人，她一定住在百花深处。就像陈升的歌里唱的：人说百花的深处，住着老情人，缝着绣花鞋。面容安详的老人，依旧等着那出征的归人。

不论经历怎样的风雨，依然面容安详，不惊，不悔，不苦，不慌，是最美。美好的爱，就应该是这样的：睡前我是你唇边的吻，梦中你是我不慌张的香，就像花开时开，香时香，来得自然，幸福得如自在风。

夜读《夏济安日记》，仿佛打开一幅画卷，其上嘉木繁花，烟云连绵，满目琐细的情事，虽有难以与君说的凄凉，但每一笔都是情深款款，如百花开。

书后附录夏济安曾为之倾情的董同琏所作《追念济安老师》一文，却看得人心神寂死。满篇皆是夏济安的一往情深，自己百般硬不起心肠拒绝的无措，真是如有评所言的“无情文字”，无一丝追念之意。斐多对此声讨得最见功底：同样的月色，在一人眼里是寒山一带伤心碧，一人看来却是淡远如茗，甚至还有一丝微馨。既是旧时月色无足恋，又何必对月感怀；既是无情，又何必有此一文。

她本该是个生活在百花深处的人，即使不曾付出真心，却得到真意。被他深深爱过，呵护过，念他说起他时，应该面若桃花，微微含笑。仿佛春寒料峭里，在窗前看去，太阳暖着，风软着，室里早就有花开了，盆里的没抽香，心里的一枝，花已开满。

于世间行走，爱恨纠葛，名利缠身，争着抢着，到最后也许两手空空。眼睛里种一粒花籽，再看人看事，看到的是好花一枝；心里栽一丛花，再看看手心里拥有的，是花园一座。

给自己写过自勉的话：眼睛能看到哪儿，是心的高度决定的；心

里装着什么人，是眼睛的纯度决定的。见贫有慈悲，活成一座山；遇贵不自贱，辽阔成一片海。

是希望自己，山光水色看过，风雨泥泞走过，贫寒富贵有过，酸甜苦辣尝过，心中始终有花一团，香一枝。

我愿心在百花深处，面容谦和，眉目明净，情深似海，一路走，总有好消息传来，春有花枝抽芽，夏有姹紫嫣红，秋有菊黄云白，冬有红梅映雪。

我相信，住在百花深处，时光会最懂你，晴日里赠你云，长夜里赠你灯，笑时赠你花，哭时赠你香。

从此，我在百花深处，身边每一件小事都那么美好：在一个静静的夜里，看一本书，听一首老歌；在一段最美好的年华里，遇到一个人，爱上一个人；在一场时间无涯的宿命里，回首一段往事，看见一帧年轻的笑容。

心有莺莺啼恰恰

周末爬山，在欣喜与山桃花、鼠尾草、野蔷薇、丁香花不断相遇的时候，却发现地上一个小山雀巢。有些旧，旧里依然透出暖融融的气息。大概山雀已经搬家去《诗经》了，雀巢才随松子落。

小小的雀巢，鸭蛋大小，像一件艺术品。我开始在其中插一丛绿，请来春天好时光；插一枝山桃花，引一群林中雀；再邀来几朵芫花，添几多明媚。

山桃花薄薄的，蕊小而细，但它是一首古诗的窝，在这里暖融融地赏过雪，心安安地等过一个诗人。芫花指甲大小，紫紫的，充满神秘的光泽。

那时，一地阳光细细碎碎的，像开满的小花。林间的阳光就是好，很静很静。我看着手心里的雀巢插花，宛如捧在手心里的是春天，像捧着一个梦。

下山时，一路小心翼翼，因为手心里的这些绿，这些红，这些黄，这些紫，都是山雀歌声唤醒的诗行。

我想让清风经过，去告诉山雀，有些人，对春天，足够爱一生。

而且，我愿一百次一千次一万次，饱蘸墨汁，写尽十万山花，只为给自己留下通往春天的线索。

我终于明白，诗人敕勒川曾说的，他是一个微不足道的人，总是想些微不足道的事。比如一片雪花的来历，一枚落叶的去处，一只蚂蚁针尖般的命运。怕人不理解，他又用爱来说明：“就说我对你的爱吧，展开巴掌大，握紧，心一样小，但风一样能把它吹亮。”

总有一些小事情、小事物，对一些来人说，充满着迷人的气质。

朋友家里挂着一幅拙朴笔迹的字，上书“杯水清心”。朋友说，人活得简单不易，能从简单里得到大智慧、大乐趣更不易。

他是个拙于言的人，喊他小聚，他只知给我们点爱吃的脆骨板，全然不顾自己牙齿咬不动。平常的喜好，就是弄弄墨，写写字，调调琴，弹弹曲。闲时也教楼下小孩写毛笔字、弹琴。而他写字时，案边常有一个干净的杯子，墨泽一干，他喜欢润上一点清水，说墨淡点好，淡能掩拙，只显洒脱。

一杯水，他说，这就是他的生活。在我眼里，他是“淡墨中锋”，手腕轻转，笔若飘云，潇洒，不呆滞。活得自然如他宣纸上的笔势，云雁悠远，林风阑珊，一派洒洒逸兴。

再一想，他的世界很小，他的喜好很小，他的一杯水，也小。因为小，杯子小，心也小，不必装太多东西，所以杯水可清心，可养心。

这就像名山大川在古代画家笔下，只淡墨一拖，看似那么闲散，成一缕缕，似烟聚云笼。再细看，山虽小，但更显“天地之悠悠”，境界之博大辽阔。

高中时，邻班一个女生喜欢学校的美术老师，所以常逃课去后山偷偷看他画画。有一次他发现了，说你喜欢，就来画一笔。她拿着他递过来的画笔，手抖着，在画布上他画的蓝得耀眼的天空中，写下自己小小的名字。多年后，这位美术老师说，那是他一生看到的最美的“画”。

那次之后，女生再没逃课。多年后她说，她只是喜欢看他画画的样子，想让他知道自己的名字，就这么简单，小小的心愿。

小，一切跟小有关的事与物，都显得干净，清澈，娴雅僻静。小溪，明净，只在高山流，尘世间存不住一缕溪水；小雪，素净，简直就是一朵朵世外清泠泠而芬芳的花。

闲时走走“小径红稀”，心寓之外“芳郊绿遍”；朗月照屋，“题破香笺小研红”，念念思思，提笔“诗篇多寄旧相逢”；庸常时日，“懒向沙头醉二瓶”，云醉一朵，跑去“唤君同赏小窗明”。一条小径，一张小笺，一扇小窗，一方小天地。

这样的小天地，掌心为巢，寄养春天，能涤心中尘埃，解浮世羁绊。

我要感谢小山雀，不知和爱人花了多少工夫，一口一口衔来草，一缕一缕筑成巢。而今，它们的巢，在我的手心盛开着一个春天，飞出姹紫嫣红的歌。

当我很老了，我依然能记得一个小小的雀巢，记得那个洒满阳光的林间，我满心欢喜地写过一首诗——山雀双双不在家，手捧一窝春天花。阳光化蝶自在舞，心有莺莺啼恰恰。

岁月抽花枝

非常喜欢中国台湾作家张晓风在一篇短文中写过的一段话：

“如果在春日的晴空下，你肯痴痴地看一株粉色的寒绯樱，你已给了我最美的示爱；如果你虔诚地站在池畔，看三月雀榕树上的叶苞如何骄傲专注地等待某一时刻的爆放，我已一世感激。”

她甚至一遍一遍温柔地对那个人说：“爱我少一点，我请求你！”从来不知道，有一种爱，竟然是“爱我少一点”！她愿那个人对自己的爱少一点，只为让他可以对这个世界，对他人多些爱，让他成为一个美好的人，她甚至为此请求他，为此感激他。

比爱一个人更重要的，原来是让自己成为一个美好的人。如此，眼中有美好，你看我春山澹澹，我望你秋水盈盈；心中有美好，你来时，清风微澜，走时，静水流深。

桌上养了一盆丽格海棠，买来时，就开着十二朵雅黄和橙红两色小花，半月不见一朵落。因苗小，花朵也小，虽重瓣，但每一瓣都薄薄的，透着灵秀气。

由于第一次养，对它关注格外多。后来惊奇地发现，它的花，即使谢了，也是枯在枝上，还是完整的一朵花的样子。

我曾在细雨里看梨花落，纷纷如雪，簌簌若雨，一地白，一阕词，优雅而凄婉，安静而冷寂；我曾在春日里看樱花落，轻舒漫卷，摇曳生姿，似与春徘徊，旋舞萦回，素洁而凄婉，妖娆而孤寒。

但从来不知，有一种花，可以这样静静凋零，静静地“落”在枝头，不惊不扰，不悲不喜，依然是原来的样子，虽然颜色已旧，却旧得如同美丽的往事。

我清楚地记得，看到的那一刻，心里像被什么东西抽空了，眼睛里升起水雾，继而感觉嘴角扬起，傻傻地笑着。人也应做这样一枝花，开时静香绕花枝，落时抱香枝上老。开也美好，落也美好。

有读者看了我在《青春美文》专栏里刊发的关于“一眼一念”主题的文章后，给我留言：

聊斋里讲，有一苏氏女子溪边浣衣，见一缕青苔绿滑可爱，浮水漾动，绕石三匝，心生欢喜。后来就怀孕了。昨天，我见到一堆沙土，细腻可爱，也心生欢喜，不会也要怀孕吧？

我相信，她这一眼一念里的欢喜，是对我文章最美的回应。我也相信，一个对一堆沙土生出欢喜心的人，一定是一个美好的人。

生活有太多烦琐，甚至不如意，适当留块心地，人人都能种出一条花径。有这样的心境，总有一些好时光，我们都在云端，远离尘世，看了好景，遇见一个美好的人。

一个美好的人，必是心灵开阔，精神超拔，情思饱满，气韵生动。一个人行到水穷，能坐看云起；牵一只手，能陪你看细水长流。

一个美好的人，想你念你时，突然一下，指间书页发出的声音，或雨滴滴在窗户上的声音，他听到的都是你的想念。

一个美好的人，即使走在你的世界之外，他眼里看的心里念的，仍是你的美，因为他懂得——有些往事，庭院深深，门环铜绿，你只

站在那儿看看，一枝嫣红，斜出墙外，就是全部的美。

正因为眼里有美好，所以沈从文从一架篱笆前经过时，能看见那些嫩紫色牵牛花上的露珠；因为心有美好，所以他才会把露珠想成张兆和的泪珠，想倘若是她有什么不快事缠上了心，泪珠正同这露珠一样美丽，在凉月下会起虹彩。

这样想着的时候，沈从文已情不自禁地把那朵牵牛花上的露珠用舌头舔干了。

这样的爱，柔情蜜意，美好得让人生羡。岁月似乎也总是眷顾美好的人，所以，让他一生行过许多桥，看过许多景，终于遇到最美好的人。

做一个美好的人，让心缓缓地流着小水流，让花静静地开着，淡淡地香着，让走的路都有他的风光，让看的天空永远有他飘来的云，让岁月抽花枝，明月来相照。

花月不曾闲

我曾想做一个扫画人。

林风眠在西湖边居住时，二楼是他的画室，他常通宵创作，然后取一两幅满意之作，其余废弃一地，第二天早上由佣人扫走。

一直觉得，那些被扫走的画，太可惜，即使不完美；也一直在各种资料里找寻，那些扫走的画的消息，苦苦无果，多年困扰于心，恨不得，我便是那扫画人。

直待时日如风，从脸上吹过，也随了一场雨落，终无痕迹，渐渐对耿耿于怀的事，不再纠结。是的，如今想来，扫就扫了，那些画就像落花，开在好时节，即使不被人赏，但曾与清风、与明月，旖旎相依，就足够了。再随风落，每一瓣花都开过思念的消息，不被人知，也无须人知，到最后“思君若风影，来去不曾停”。

人一生，一生中的爱，大多是未完成的画，已凋落的花，热过一回，凉过一回，甜过一回，苦过一回，喜过一回，悲过一回，因不曾闲，不曾停，也就无悔了。

中国台湾作家张晓风在20多年前曾写过一篇《也是水湄》的散文，记叙某个春夜，当“丈夫和孩子都睡了，碗筷睡了，家具睡了，满墙的书睡了，好像大家都认了命”时，她却有些不甘，说：“所有的女人仍然有一件羽衣，锁在箱底，她并不要羽化而去；她只要在启箱检点

之际，相信自己曾是有羽的，那就够了。”

因为有这件羽衣，所以，在那个深夜里，她坐在那里，感觉到山在、水在，感觉到花在、月在。然后“系舟水湄”，心便饱满如花开，澄澈如月色。她欣喜地写道：“只要有一点情意，我是可以把车声宠成水响，把公寓爱成山色的。”

平庸的日子，你看花看月，花在，月在，你在花与月里也看到自己，这也是爱自己的一种方式，一种情意。

试着多爱爱自己吧！人都是这样，一路爱着，一路痛着，一路不舍着，一路成长着；最终一路看淡了，一路怀念着，一路把日子过得平凡。所以多爱爱自己，平凡日子里的你，才会有自己的不平凡。

有一天，走过一个橱窗，看见几件白衣白裙，禁不住停步。白衣清亮，让眼睛顿时流起小溪水。我站在一件件白衣前，浑身打了个激灵。突然觉得，人真的应该好好爱一回，真应该放开一切恩怨，抛开一切自私贪念，只简单地，不计得失，不管悲喜，甚至可以不声张、不热烈地在心底，好好地，洁净地，爱一回。

因为——其实我还能穿几回白衣，在你带来你的烟火之前。

所以，多希望，曾经的岁月里，我是你一件不曾舍弃的白衣。穿时，它在变旧；不穿时，挂在墙上衣柜里，它依然在变旧，又旧又美好。

这样，当我在岁月里，在你的记忆里，依然可以悄然绽放，白如干净的花，白如皎洁的月。一生不曾闲，如花开在你的眼睛里，如月挂在你的窗前。

纳兰在《生查子》中写“散帙坐凝尘，吹气幽兰并”。这一“散”字，透着悠闲与宁静的气息。闲闲散散，情思幽幽，它是一个人的心神风姿。这样的好时光，相伴纳兰的自是好书好茶，好香好人。“茶名龙凤团，香字鸳鸯饼”，两个人一起读书、品茶、熏香，品的是龙凤团，熏的是鸳鸯饼，其乐融融。

我觉得，人生怀想，若止于初见，那感情一定是淡而薄凉的。所以，我非常喜欢纳兰这首情意绵绵的早期作品，特别是最后一句“花月不曾闲，莫放相思醒”，真是好。花月不曾闲，写尽哀艳之词，回到人生之初，赏花看月，情意绵长。走到哪里，行在何时，都不再觉得空枝孤窗伤人心怀。

因为，花月不曾闲，总有一个人可以想念。是的，有一个人可想可念，想起时不哀不伤，念起时不惊不扰，有万般千种，相怜相惜。

衣襟带花

看过一张照片，一女子颈白如瓷，脖上红线坠玉，穿一件素蓝碎花的衫，领口别着一朵蓝雪花，含蓄，静美。照片不见女子容貌，但你仿佛能看到她眉弯新月，目含秋水，心底花枝，飞满蝴蝶。

这让我不禁想起某老电影中一个不起眼的镜头。那是旧上海街头，嘈杂中人来人往。端着木匣子卖香烟的男人，慢腾腾地走着，大红旗袍的太太两两挽着胳膊经过，镜头里填满了各色人物。在一角，一个端庄秀气的女孩一闪而过，穿着粗布衣，扎着辫子，胸前戴着一朵花。

不知是导演细致安排，还是那个群众演员自己的别致选择，但就那么一朵，小小的，带一点粉，娇羞羞，恬静清新，从此一直开在我心里。

唐宋时戴花盛行，每到花朝节，古人都喜欢摘朵花插在头上，叫簪花。宋代史料笔记《铁围山丛谈》中记载，每逢重大节庆，皇帝都会给臣僚赐花。在古代，戴花之事，总被冠之“君子风范”。

我倒更喜欢清代卫泳那句“花是美人小影”，仿佛戴花，戴的是一句低低的眉语，一段婉约的心事——是小小的，轻轻的，给一个人看的影；是丝丝的，缕缕的，留在心底欢喜的沁凉。

很久前认识一女子，处处是大家闺秀风范——行，款步姗姗，似仙姿玉色；坐，袅袅婷婷，若芰荷出水。她说那是她太奶奶留给她的“礼物”。她出生后，家贫如洗的太奶奶却说，添了女娃，该养花。于是阔绰地置办花草，还满山采野花，插瓶供养。稍大些，太奶奶就陪她读一些古书，教她礼仪。太奶奶说，女人要一生带着花气。

相比“戴”字，“带”仿佛多了点心气，正好与花气相配。

以前曾跟朋友开玩笑说，看一个女人，就看她的坐姿，她静在那里时，像一幅画，更像开着的花，花只有静，才能开得美；看她的坐姿，就看她的衣饰，素，就素得干净、纯和，艳，也艳得内敛、规矩。一身衣，瑰姿艳逸，整个人，仪静体闲。穿什么衣服，都仿佛衣襟上有花，远远便能闻见。

多好啊，衣襟带花！任时光老去，自带一分心气，低朗，明净，婉约，仿佛一段秘而不宣的心事。散发着幽幽的香，不张扬，不慌忙，即便人生终要到秋，枯也寂美。

我相信，衣襟带花的人，一定懂得人生没那么多路要赶，所以会在日常奔波中，停下脚步，静看一株花，与老朋友叙一份旧；或停下笔，明白人生没有那么多话要写，所以可以慢慢喝一杯茶，与寂静对坐，看小窗向月花对影。

衣襟带花，轻轻念起，又仿佛一个女子在与时光讲着自己的一段故事。故事里，她与他分隔天涯，终于有一天要相见，她没有像其他

女人那样，翻遍了衣柜，擦亮了镜子，想要照见当年的模样。而是，温了茶，修剪了花枝，在窗前小坐，然后去见他。

婉约心事，衣襟带花。如此美，美得惊艳！

人生之美，大概就是能做一个衣襟带花的人！不论在哪里，在何时，行，是一缕香，染在眉间嘴角，微微含笑，笑意如清溪水；坐，是一个词牌的坐姿，美到寂美，静到静远，温婉，淡定，不动声色。

相宜静好

去年秋天，在山间陡坡，看到一株风铃草，低垂两朵紫色的花，轻轻盈盈，宁静相依。同一株上，另有两朵已闭合的枯花，大概已将素衷摇曳于风。

那时突然想起纳兰性德的诗句“小玉来言，日高花睡”，再看那两朵花，日光照着，花旁有石，敦厚相守，心底顿时柔和起来。

回家后，为这一株风铃草与秋阳和石的画面写了好多句子，都觉得不够妥帖。最后，只留下一句，“一株风铃草，石旁，向阳开”。

是啊，如何眷恋雨润云温，怀念暖日明霞，终要把秋声听尽，一段人生，一份爱，百种千般怜惜，到头来，不相言，只与一石相依，与一片阳光相映照，静静开着花，相宜静好。

想想纳兰性德所说的“寻常风月，等闲谈笑，称意即相宜”，更深明白，能称意的人，称意的事，该是多么美妙。由此喜欢上“相宜”二字。

每天早上起床，越来越觉得，整个人已明净如秋。不贪不婪，不争不吵，静静地，清凉的水洗脸。

再看无花的枝瘦尽，甚至枯萎，都那么自然。如朝阳穿过窗口，如约而来。我在花前，侍弄枯枝，插寻常瓶中，置白石一旁，香炉相伴，感觉时光静谧，与一枝，一香，宁静相依。

半年来，一直坚持下午五点钟跑步，往人少的山路跑，不孤独，

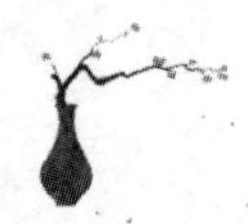

闻沿路草香，看几株野花，听几声鸟鸣，仿佛跑在词牌里。小重山，一萼红，虞美人，念奴娇……一路的景，一个人的时光，不需要再奢求什么，相宜静好。

一生，妥帖地安放一颗心，与一个早晨，一段路，一枝花，熨帖相宜，就足够。如此，喝一杯茶，翻一本书，平平常常事，时光很静，雨声风约住，淡月云来去。

古人最懂相宜的好。

养一池清水，游几尾小锦鲤，等莲开；通一条曲径，栽桃梨细株，薄薄一春花；竹修小丛，旁起小亭，编蔷薇藤架相绕；置木桌木椅亭中，放素净壶小盏杯于桌。春时看桃红梨白，夏时饮茶听竹风，秋时菊黄望远山，冬时雪白映墨香。

因为懂相宜的好，所以朴素生活，和浪漫诗行，并不矛盾。

朴素的一块布，带着好心意绣上一朵孤清清的花，再铺在小茶桌上，温一杯茶，与之默坐，坐成柔软光阴，坐成一行诗，契合的心，能读到。

四时平常，写几行浪漫小字，春暖是十行诗，写的人在江南，读的人心中有水乡；秋凉是一字帛，一笔念，一笔静香，终能与一人在朴素而珍重的一笔里，温暖相遇。

一份爱，若珍贵，已足够感念于心，便不奢求多，甚至不奢望得；若卑微，便放低彼此，怎样都会得到满足，也能得自在。

一份情，若浓，一定浓在恰恰好，浓在不过分，也浓在彼此的心愿上；若淡，一定淡得有清喜，不悲戚，不哀怨，是心底唯一，唯一的底色。

对于那些再也见不到的人，就让故事在心中，生一丛绿，开一团花，挂一窗月。清晨匆匆走在白石堤边，烟柳低垂，回首清风在翠微；黄昏经过绿杨庭院，暖风帘幕，低眉落霞在花梢。最是相宜美。

与你相宜，你便藏在我的笔尖，走在我最爱最爱的诗行里，念在我的唇边，听我呢喃一行行——一行云月，一行花草香，一行牵手，到另一行依偎坐下，听时光说些老故事，相宜静好。

花落一溪云

在一扇窗里，看雪落，纷纷扬扬，就那么落，那么落啊落，落白了树，落白了街道，落白了房子。很想写一首非常美的诗，第一句便是，就让雪落在我身上。

抛开了人间事，撕掉了名利纸，借了草木，云月，与诗词，闲坐了清凉地，行走了小桥水，听闻了窄巷曲，忙过，闲过，恋过，舍过，就让雪，静静落一身，白茫茫，旧衣新凉。

每到冬天，都会等一场小雪，落在窗前，落成薄薄的词，凉凉的调。情愿就那样把心瘦成弦，被往事幽幽寂寂地拨弄。

雪落在哪儿都美，小巷红窗，曲桥细波，山门草径，篱落晚烟，美成画；落在夜里，月照雪，雪映读书灯，灯又暖着书页，美如诗；落在身上，送入低眉，见你花明的眼，玉净的腕，美若往事。

一个“落”字，仿佛月光合在书间，花枝藏起云水，一任窗外还有月游走，窗前还有花开放，就这样安下心来，帘卷了一夏，雪落了一冬，墨淡了一生。

然后，宁静自持，寂清时望一轮冷月高悬，热闹时看一溪云水低流，做清风一缕，落在花枝，做花枝上静开的花，再静静落在溪水里。

非常喜欢季羡林文中提到的清朝诗人陈恭尹的一句“池花对影落”，这样的落，是寂静的美。

也许是一池莲，在某个寂静的午后，池水清而幽，如镜也如玉，人在一旁看，静如石。突然一片粉瓣，悄声落了，缓缓徐徐地飘着，倒影映入池水。

这一瓣，仿佛是寻着池中的影而去，在如画一样静谧的池水图中，从一枝莲上，落下，转眼一圈细波，轻轻扬起，须臾又不见了。花瓣与影，如此宁静地相逢，没有惊扰一丝风，相依相偎，真是美！

如此，也许花落了，并不是枯寂，而是落成云，又流成溪；或者落成一阕词，又多了一个词牌；或者落成小巷，又画成画；再或者落成素笺，又装订成书。

于是，朴素的生活，也处处见落之美。

一阕词，读着读着，就读出柴门几家，矮篱几行，小园几米，鸡鸣几声。人便落成云，窗前展卷，花间卧眠，细数山光。

窗下细瘦的巷子，巷子里烟雨一样哀愁的唱腔，总也画不出。但词里有洁白的云，云送来月光，月光洒下一粒粒诗，落了一袖，一衣领。

书页泛黄，灯光落下来，一朵花落下来，一首词落下来。落成青草小径，绿水小桥，红篱小院。你在一树桃下，翻着泛黄的书页，等一个人，在此经过。

你是瓷的白

白的花，白的云，白的瓷，都美，只要是白。

比如珍珠梅，简单得只是白，素一分，清一分，净一分。小桥宅边，黛瓦檐下，一串串，一挂挂，远看近赏，心清和，朗润。五月骨朵，珍珠般明净，一直到十月，绽一层层瓣，吐一丝丝蕊，尽是白。鹅黄嫩绿时，骨朵小小，如珠温润；梨花落尽时，仍花明色净，姹紫嫣红中，仿佛映雪；直到柳色褪去，枫红菊黄，依旧白，白到底，白到凉。

有些美，就是简单的白，素净，寂美。

瓷的白，映着青花、蓝花，寂清，内敛。那白，如雪初霁，山衔月，干净，清丽，让人心生怜美；青或蓝，可浓可淡，浓藏静气，淡养雅趣，幽寂，空灵，尽是幽微之妙。捧一只白瓷碗，端一碗清凉水，凝神间，青山外，白云起，仿佛有人影绰绰。

花的白，透着凉，是为了留住你；云的白，游在天，是为了带走你；而瓷的白，很静，只静在那里，其中有山水相依，草木掩映，它让时光慢下来，去留由你。

喜欢当代画家马硕山的“青花瓷”系列作品——浓墨老藤椅、屏风、木桌，桌上三两茶杯，配着或瘦高或敦厚花瓶，瓶白，染着青，瓶里插清凉的花。一眼看去，那墨的黑，衬着花的青，妙契无言。可以说马硕山将黑与青运用得拙朴深邃，墨的黑，淋漓如泼，花的青，清凉如水。有读者见我转发的画作后留言评说：墨色打底，花枝斜插，喜人处最是那打坐的青花。

是的，那青花，坐在瓷的白里，才映得出花影婆娑，青山悠然。那白，温柔，缱绻，在一片墨里，如月色、雪光，在某个黄昏，静静落下来，落在宣纸上，落成往事，皎洁，清和。再看，在那一片白映衬的微花细草、山石清泉里，仿佛走着一个人，披一身云一身月而来。

这时的时光，很慢，很静。

因为慢，因为静，时光变得曼妙，往事变得温柔。

记得很久以前去看一个人，很远的一段路，每天听着火车枯燥的咣当声，不知道这样的行程有没有意义。无聊中，看到一篇文章，一直记得开篇，作者小心捧起一盏白瓷杯时，感觉心都疼了起来，那种白，让人恍恍惚惚，像是它突然就会裂成碎片。

那一段路，从此成了我生命中最纯洁、毫无噪声的美好回忆。因为我相信，懂得珍惜的人，必定有瓷的质地，更有瓷的光泽。有的人，有的时光，就是瓷的白。这样的白，纯净，无杂色，仿佛时间都不在场，因此永不褪色；这样的白，安静，无噪声，好似世事都远离，只留下一个人，等你与她相逢，与她诉说。

那么慢地抵达一个人，那么静地想念一个人，一生能有这样的一程，如遇桃花流水，白云深处。从此，走过所有的路，去过所有的地方，都有个如白瓷般的人，在那些清浅的时光里，与你对视，与你耳语。

我知道，在我的世界里，你是瓷的白，是一首旖旎的诗，一个写了又写的字，一段珍重的好人生。

我希望，在你世界里的我，曾做过一首诗的韵脚，一个字的偏旁，一段人生的旁白，从此不惊世，不扰心，不咸不淡，不疾不徐，慢慢地，静静地，走在往事的路上。让走过的草径收留足音，行过的巷子窗棂雕花；让时光的存在，如一串红果，插在你的白瓷瓶里，越凉越饱满喜人，如一杯清水，映在你的白里，越淡越沉敛自持。为的是，能配得上你如瓷的白。

有些人的好，如瓷的白，就在你低低一低眉时，他让时光变慢，往事变温柔。

江南可采茶

江南，我穿过一首词去过。从一行苏堤春晓里出发，走一行烟柳画桥，经一行桨声灯影，过一行黛瓦粉墙，遇一行朱楼飞檐……去看一些水，一些草木，看满山的绿，墙边的花满红。闲闲散散地走着看着，过小桥，走窄巷，然后在一间室，一桌边，与江南对坐，饮一杯茶。

我是要去江南，采一叶茶，汲一泉水，煮一盏茗。

也许刚好一芽嫩叶，遇到一颗露，采来便遇到茶圣陆羽，相视而笑。念起他那句“若薇蕨始抽，凌露采焉”，仿佛采来的是青绿的诗句，在手指间，纤巧可爱。

前不久去参加一个茶艺会，温婉的茶具，开着一枝莲，或清新的叶子，水或高或低注入，看着听着，一缕缕的净，一声声的清。我站在一旁，静心听茶，听水声入杯，叶舒朗有清音，听到山上茶尖风声，夜静滴露声。

《二十四诗品》中有言：“采采绿水，篷篷远春。”多好啊，窗前小坐，茶在杯，远山一抹，春水初绿，春草初生。仿佛绢本设色，山水立轴，看到画中人，泉边汲水，只等一个采茶人来。

一生，一定要去一次江南的。去江南，一定要一个人，守一杯茶。

唐朝钱起有诗句“竹下忘言对紫茶”，是我非常喜欢的，只因为“忘言”。人生的美意，在我看来，要么如辛弃疾在《蓦山溪》中所言，“行穿窈窕，时历小崎岖，斜带水，半遮山，翠竹栽成路”，走在山水里，要么便是这一句“竹下忘言”。

只看山径花乱开，只看溪边云卧石，只看小园草自新，只看窗前花对月，哪还需要什么言语，与一人对坐对饮，与一杯一茶宁静相守。

曾在辛弃疾的笔下，和一人走过小桥流水，相悦而行，“伴先生、风烟杖屦”，最终也能在钱起诗句中，守一杯暖茶，尘心洗尽，看流霞斜影，美好到“忘言”，就足够了。

江南可采茶。这是多年前要去江南时，在心里落下的句子。人生有景，红紫纷纷，莺啼恰恰，也有一几一茶，与时光小坐一处，发发呆，看看书，或等等人。

那次江南之行，是受朋友之邀。之前曾有过几位好友发出这样的邀请，但这位朋友的邀请不同常人，他只有一句：来江南，一个人坐坐，一个人喝喝茶。当时被他这一句，一下子牵了去。我说，你必须采几片新叶，温在老壶里，告诉它，在一张桌上等我。

是的，采来茶，采来的不过是一个人的时光，如王开林曾在文中说过的，茶，让人的身体坐下来，内心静下来，与长期隐蔽自我，劈面相逢。

也许，只有静静地遇见自己，才能遇见某个人，某段美好时光。

比如，在西湖，一壶龙井相陪，近处水桥，有烟笼着，有人走过，那是往事里的背影，走成画；在丽江，一杯普洱相伴，身边流水，有弦泠泠，有人弹拨，只听一曲，已是知音。

从前，去看杏花的路上，希望能路过一场细雨，因为你是杏花的江南，江南的烟雨。如今，去江南的途中，只想能走在一首词里，在某个青石巷的尽头，有一家古朴温暖的茶馆，木窗雕花，瓷瓶插枝，一个人，静静守一杯茶。

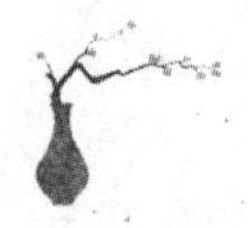

我抚过青绿的句子

苏东坡提到人生赏心事，其中有“清溪浅水行舟”，有“微雨竹窗夜话”，也有“暑至临溪濯足”，有“雨后登楼看山”。想想这些美事，便有清新的风扑面而来。

古人推崇之乐，我们在现世也多能效仿，但如果和一个人同赏，需要的便是两颗清澈的心，如此才能喜悦同路。

一路走着，越来越觉得，最美的是能遇到一个清水样的人。

所以一直希望，过清新的生活，爱清水样的人，做清心的自己。从每一天开始，对人微笑，对花微笑，对书微笑，也对自己微笑。如此，柳荫堤畔闲行，花坞樽前微笑，都是自在美好。

有朋友给我发来一段话，是一位读者评论我及文字的：他裁云捉月，邀清风，约晨露，晴里雨里，在这里织了一匹锦，还上了花。我抚过青绿的句子，一步一枚春上枝头的欢喜。

虽然她在赞美我写的字，是织了锦，上了花，但是让人欢喜的却是她的欢喜，是她的那一句，我抚过青绿的句子，更是她那一步一步的春上枝头，新芽初绽，一枚枚，绿意喜人。

那枝头上，仿佛俏立的是一句句细腻的诗，是含情的话，携了清风流云，是会飞的字字句句。

忽然就觉得，有些人，一生恰恰不是姹紫嫣红，而是青绿的句子，你看一眼，念一行，眉便清了，唇间有溪水，温润纤细，一小缕，欢喜自知。

我一直记得那次山脚下撞见的一丛绿。一个冬天的蛰伏，在初春跟着朋友的车去山里。一下车，一个小院，一下子撞见眼里。撞见眼里的，其实是小院里的一丛绿，是杂生的野草。主人在建小院时，是特意留这一块薄地吧，野草才尽了兴地长。

当朋友提醒我，才发现，这户人家没有高高的院墙，只扎了别致的篱笆。也许用不了多久，篱笆上就攀上了绿生生的藤蔓，长满一行行青绿绿的句子。

《诗经》有云："终朝采绿，不盈一掬。"遇见美好，何需多呢，掬一绿，泥暖草生；遇见一个人，何需久呢，望一眼，十里春风。

中国台湾诗人周梦蝶曾有诗说，你心里有绿色，出门便是草。所以，他骨子里喜悦的相见，简直如走诗行，也一定是青翠滴绿的诗行：若欲相见，不劳流萤提灯引路，不须于蕉窗下久立，不须于前庭以玉钗敲砌竹；若欲相见，只需于悄无人处呼名，乃至，只需于心头一跳一热，微微，微微一热一跳一热。

这一句"微微"，不多也不少，欢喜全由着心，是那初春枝上的芽，一点绿，清风抚过，白云抚过。

看过一个手绘布艺品痴迷者，痴痴地勾勒、描绘，痴痴地绛丝、

弹墨。她说她喜欢看着布上俏的枝，绿的叶，仿佛看一个喜欢的人的眼。犹记得当时，被她这一句吸引住，以后每到山中，看那些初绽的绿芽，都看成一个人的眼。

这样的人，是清溪水。

爱过清水样的人，抚过青绿的句子，一牵手就是春天。再随便一走，二乔碧桃的粉颊，玉兰瓣尖的轻红，便开在春天的扉页上。我知道，我终于做了一个走在一行行字里的人，抚过青绿，途经所有的花开，一路春光好。始终相信，每一行，都能相遇你，相遇美。

坐成一首词

我有一个时光行囊。我在里面，装下一朵花，因我要种一路诗；装下一条路，因我要与你相遇；装下一缕清风，因我要眉目清澈；装下一段时光，因我终要老去。

写下这段话的时候，一本宋词就在我的膝盖上，我停止打字，然后轻轻将书捧在手心，轻轻地抚摸。书是十几年前的，泛黄的封面，只看看，都那么温暖。

看着看着，突然觉得，仿佛小半生，走了很多路，看了很多景，终于能坐在这样的封面上，坐成守望你的姿势，坐成黄昏静谧的晚风，坐成一首你爱过的词。

朋友寄北曾提到过黄昏的意象，说花影淡淡，投到窗上，有人在屋内，光影交错里，坐成一首词。

一直觉得，一个人走过百千条路千千万处风景，不一定是喜悦；走在通向一个人内心的路上，一路见桃花溪水，见菊黄枫红，最终又如一场雪，静静地落座，坐成一首词的姿态，那才叫欢喜。

仿佛一生都在窗外，或山映斜阳，又连数声雨，或旧事如流水，但美好的是依然记得你人面桃花，就那样坐成词，半阕岁月，半阕风净。

然后任松野塘秋，芦花白头，一首词里，你自是春天的第一个韵脚。

有很长一段时间，一个人生活在陌生的城市里。每天经过的街头，有家叫“小语”的茶馆。

那时常想，这两个字，像小小的愿，呢喃的心事。如果有机会进去坐一坐，你在对面，我只要看着杯里的叶舒展着，缓缓如来不及说出口的言语，再与你不经意对视，就是最美的语言了。

若你来看我，我一定会选了这里。那时你就在我对面坐，或许默默地喝着茶，我只好也坐着；或许我会突然说你寂静得像一首词，读一句，就走不出来。

那时，我会微笑看你，也坐成一首词，回应你，不远千里，与我相见。

喜欢看某些人物画，人物一直安静地坐在那里，似旧时月色，又若一曲新词。她们的眼睛里，有泠泠的水意，映着淡的光，仿佛与你对视，又宛若不曾相识。

你就那样坐着，是一首词，流水小桥上有你美丽的韵脚，烟柳堤边有你往事的词牌。

从此不相见，你都美好得如坐在一首词里。

走过多少街口，转过多少路口，擦过多少肩头，才能卷云舒风黄昏后，坐看落日，流光静画，坐成一首词，被你念起。

我不问，你也不用答。

余下的时光，你在半卷书的旧事里，在一阕词的江南里，在青石巷的雨声里，在竹窗月影里，被我提笔写进，我一个人的春天里。

总会闲下点时间，坐一坐，翻几页书，或者就那样摸摸书。仿佛能摸到古老寂静的历史，能摸到江南桥，桥下水，水中漂如绿罗裙的草；摸到千年月，月下花影，影中薄如落花的词。

想象着，曾把你一笔一笔写到前朝，写进一首词里，写到一株桃树下，坐着，安之若素，宛若花容。如此，书里书外，你是三月桃花，我是人间四月天。

小径忽开门

山中人家，竹篱茅舍，野花绕园，出门山水绿，回家夜静云月低。一辈子走在诗里，活在画中。桃红梨白，菊黄枫红，春风花枝，秋水蒹葭。

从不游山玩水，从不吟风弄月，却用日和月围起一方山水，用手和脚种出一篱风月。

门前一条小径，曲曲弯弯，风雨路过，云月路过，都曾是座上客。

一直不可救药地喜欢“柴门”。

“柴门闻犬吠，风雪夜归人。”寒山投宿，白屋柴门，一叩声，一犬吠。刘长卿遇芙蓉山主人，让我一下子对“风雪夜归人”有了向往。披一身雪，雪掩来路，却有归处，不忧心，不慌张。

“花径不曾缘客扫，蓬门今始为君开。”小径落花，蓬门已开，一落脚，一身香。舍南舍北皆春水，此生能做杜甫草堂的客人，花径不扫，门扉洞开，煮一壶风月，饮一杯酒，不羡人间。

此生此地，仿佛只剩下这么一个愿：两扇柴门关风月，一条小径待客归。

也许一生能见的柴门，都在诗中。但若能让心轻下来，轻成一缕风，一朵云，随山路行走，见野草山花，清泉白石，一定也能找到自己的柴门。

人人心中都有一条小径，燕燕于飞，嘤嘤草虫，落落长松，蒙蒙卉木。独自一人时，能静下心来，静便是心中小径；每走回往事，能安下心来，安便是往事小径。

刘辰翁的《临江仙》中有句，“暖风初转袖，小径忽开门”。念念不忘，必有暖风来，嘤嘤恰似语；走走小径，只需门一开，人面若桃花。

平平常常岁月，我们不论居于何处，但因心中有径，在一方自圆自足的世界里，亦能陶然忘机。那种陶醉该像古人醉酒，得意尽欢。

李白在《下终南山过斛斯山人宿置酒》里记过一次醉酒，先是“相携及田家，童稚开荆扉”，后“绿竹入幽径，青萝拂行衣”，美酒还没温好，这走小径，进柴门，一路早是心醉不知归路了。

苏轼之醉，更是妙不可言，他在《书临皋亭》中写道：“东坡居士酒醉饭饱，倚于几上，白云左绕，清江右洄，重门洞开，林峦奔入……”这左绕的云，右洄的清江，何尝不是开门迎进的客，闲居自在。醉眼间，再看门扉洞开，整座山，山上草木、泉溪、花枝、藤蔓、泥土、岩石，全都顷刻奔入，真是豪迈。

人与山，不过一门的距离；人与人，也不过一条小径的距离。

风弄一些草籽，绿上窗台，如一些念，枝枝蔓蔓；每一动念，如水拨琴弦，铮铮琮琮。念一个人的时候，仿佛有人踩着心间小径走来，

柴门轻叩，送来一枝春。

每一个春天，都会帮我推开门。我的快乐也许就是走了十里路，去看山桃花、野杜鹃、鼠尾草，若它们开了，我就静静地坐一会儿，若未开，我依旧静静地坐一会儿，想象你在远方，面若花容。

春一来，心一念，小径忽开门。原来，最是春好处，愿与你同路，看遍姹紫嫣红。

光阴镂边的荷裙

南宋姜夔的《念奴娇·闹红一舸》写得实在是妙，与两三友人荷花丛中荡舟，本来就是雅兴。这样的小舟，用一个“闹”字，意蕴顿起，令人艳羡啊。

美景当前，心底的美好夙愿却又让人禁不住惆怅，“只恐舞衣寒易落”。是啊，怎么不怕呢？西风起时，舞衣般的叶子哪经得住秋寒的萧瑟，那触目的凋残萧条让人忧愁啊。我在“舞衣”一词上，呆了又呆。把荷叶比喻成舞衣，多么入心。

在写有关“绣光阴”主题的文章时，阿桑发来她拍的两张与荷有关的照片。

一张，荷花大开，瓣已有凋零的寂然，但这一朵于荷叶下，有荷叶照顾，便有相宜之好。原来光阴总有向善心和温慈的美。

另一张，是荷叶。叶边一圈洞眼，密密麻麻错杂排列，看上去，心里顿生凄悯。但我又想，那该是岁月咬噬，也是光阴镂边的荷裙。是照应那朵荷，遮烈日、挡风雨的那一叶吗？为一朵荷，开得幽渺、深美，哪一片叶，不愿意镂上光阴的痕迹？

再细看，荷叶上还有水珠，清圆可人，那是光阴的故事啊——如何千疮百孔，仍滚动着饱满的晶莹的执念。

清代袁枚有一段“白发朱颜”的光阴佳话，很动人。

袁枚画了《随园雅集图》后，三十年里，上面题满了名流们的字，但袁枚一直觉得这些字里少了才女的题字。他钦慕漪香夫人的才气，一直想让她题，终于修书前去索要。

正在自己觉得冒昧，信仍在路上时，漪香夫人也恰好来一信，让袁枚为其《采芝小照》题字。两人相隔千里，如此不谋而合，让袁枚感到奇怪和惊喜。

后来，袁枚带着临摹的《采芝图》副本，到苏州与漪香夫人相见，夫人竟然拿出《雅集图》副本来，两个人“彼此大笑”。

这样的佳话，让我想到莲，心中有莲的人，总会在光阴里喜悦相逢。所以袁枚后来兴奋作诗告诉秋帆先生：“白发朱颜路几重？英雄所见竟相同。”隔着几多光阴，这样的相知与相逢，让老去的生命，如荷叶镂边，是最美的见证。

蒋坦著有《秋灯琐忆》。其人是清代道光、咸丰年间浙江钱塘一位普普通通的秀才，其书所记，皆是与秋芙点点滴滴——举案齐眉，读史谈经，写诗参禅，既有文人雅事，又不乏生活情趣。所以林语堂给予很高的评价，此书始才小有名气。

既是忆语体散文，难免给人悲怆凄婉之感。蒋坦与秋芙，“自聘及迎，相去凡十五年”，其间“五经邂逅”，终于“却扇筵前，剪灯相见”。这时蒋坦笔下写道：“始知颊上双涡，非复旧时丰满。”

读罢，心里一阵唏嘘。光阴啊，光阴噬掉一个美人。

蒋坦曾写诗，有一句“去日青荷初卷叶”，随即便叹“一年容易到秋风”。

生命的尽头是什么？不能修成莲子，饱满自足，至少还可以荷叶落残，光阴镂边。

所以，蒋坦一笔笔所记，不悲戚，不哀怨，只记琐碎的美好——两人芭蕉上题字互答，月夜泛舟荷塘弹琴，山中桂子飘香折枝插车，难得的雅致有趣。

回忆里，我们都能捡拾自己的荷裙舞衣，也许早已穿不得，但我们知道，生活总会给你清风拂面，光阴也总会给你步步莲花的路。

怀良辰以孤往

野花深山开几朵，忘忧处总有痴心。

前一阵子，一直喜欢一个词：深心独往。其实，深心不过是痴心，独往却又是深往。野花不为谁痴心，开得逸兴自在，人因为一心的痴，才能看到忘忧。

一个人常一有闲，就往山里跑。林间风如溪水，鸟鸣清扬，几团花影，几株野花，一旁席地而坐时，顿觉得良辰不过如此，觞流曲水，琴奏高山。

夏阳灼人，若走在街上，有一地树影照顾，或一方小亭，在闹市小花圃中，悄然出现在视线里，看上一眼，都觉得清凉了几分。

古时小阁，夏日总有花影旖旎。有时日头斜去，廊间落下三五成群的花影，风摇着枝，影便晃。你看得恍惚时，便觉得那花影，是有人从枝上裁下来的，然后又绣在地上一样，让人看得痴。

人间岁月，有一方清凉地，深心孤往，可坐，可憩，可清赏一团花影，高闲无俗，潇洒不尘，最是良辰。

即使再普通的花草，都有自己的良辰。

今年春天，在走了很多次的山坡草径两边，发现明黄小花，蹲下一看，原来是蛇莓花。就那么几丛，野山里开，杂草左右，不细看，见不出其秀其韵。小时只见过蛇莓果，而今再看，花颜灼灼，花容盈盈，貌婉心闲，仪态不俗。小半天，在这小花天地里流连。总感觉，在一部山水大文章里，清风笔砚，明月素笺，为一朵不起眼的蛇莓花，写了一页，立了一章。

这一页，有人孤往前来；这一章，有人心怀良辰。

陶渊明有句："怀良辰以孤往，或植杖而耘耔。"人生归去来兮，耕一分心田，种一分桃园。孤往之地，总有良辰。

人心中的良辰，更需要一份孤往。如此看到月，月映着书页里的诗词，总有一句与他有关；听到风，风吹来百花的消息，总有一条是关于他的。

怀良辰以孤往，你之所在，又婉丽，又清幽，宛若在于风月光霁间，宛若在于细花清泉边。

小亭挂雨声

一辈子听雨，或一辈子看雪，曾是我想到的最寂绝的事。

雪是可以看上一冬的，但雨对于北方来说，却是不多见。江南多雨，树苍绿，檐黛青，一场雨，连绵不绝，生着烟，生着寂寥，也生静静的念。

那样缠绵的雨，宜小窗开卷，字句生绿；宜瓷瓶插花，枝叶清逸；宜举伞缓行，听赏雨荷；宜一个人一盏茶，宜想一个云白花清的人。

听雨，檐下，林间，窗前，每一处都动人。檐下雨脚滴答，林间穿林打叶声，窗前梧桐三更雨，仿佛雨是从古诗里走来的韵脚，又仿佛某个人的心心念念。

过了冬，春到夏，一路节气如画。一幅幅，在纸上给它们起名字：惊雪，春水，听早蝉，山出云，小亭挂雨声。

一直盼望有机会在湖中的亭子里，听雨打在荷叶上，就那样清响曼妙，时光静谧。

荷叶青碧，挨挨挤挤，于亭边铺开，远处水面清幽。雨若音符，清圆可爱，溅上亭檐、水面、荷叶，溅得心曲忽然拨响。

先是淙淙满弦，两耳清越，好像一场初见，身体里哗然绽开的一曲；接着远处水雾扬纱，迷迷离离，近处水面滴答如珠，圆润耳语般，好像他走过来声音自上而下飘进身体里；再听，只剩下雨打荷叶声，若雨不大，一声一声，清而空灵，又染着无缚无系的畅快，是一种绝响，溅开珠玉。

那一时忽然清冽，仿佛爱过千山万水，回响于心的，不必一定是他的话语，单单是寂静的念，都是那样妙契的好。雨打荷叶，这一“打”，是任性，是自在，一叶荷，洗净了世界，长出一朵莲。

只在一小塘，边上一小亭里，远远地看过荷，听缥缈的雨弦。也许因为特意去，急切的心意看到的都是胜景。雨如线，声如珠，挂在小亭周围，像一道帘。

一路仿佛看见水波，因为雨。因为雨，小亭便染上水墨，荷叶净圆，偶有亭亭荷花，一枝出水，高洁方雅。人于亭中，亭挂雨声，仿佛时光滴答，映着水光，映着一圈圈涟漪白；仿佛有人，纤纤衣袖，素手调着弦，落下凡间的音。

苏州拙政园里有听雨轩。到中园东南，穿小院，近小池芭蕉，又清水一泓，自然少不了荷，无雨天于此，心头上都是雨打荷的声音。还有荷风四面亭，“春柳轻，夏荷艳，秋水明，冬山静”，这样的描述，亭已立于画中，四面水意，如来一场雨，荷风轻送，人站在那里，随便望一望，眼里便是那个人水样的身影。再静静发发呆，亭挂着雨声，

一帘之外，墨的氤氲，是那人一生的长衫，向你走来。

没有姜夔的闹红一舸，探不得荷丛深处，但有雨来，依然可拥有水佩风裳无数，翠叶吹凉，再看雨声处，嫣然摇动，冷香飞上诗句。

终于把亭借来，把雨邀来，把荷约来，为了一幅画，我在世间寻你，即使残荷也留得听雨声。雨声里，你唤着一个名字，涉一片水墨，澹澹地来了。

心中若有荷，每一念，清响不绝，繁密有致，不疾不徐，那么就开一枝菡萏，好似与一人幽清相见；心中若有亭，就挂一帘雨声，每一念，池荷为纸，菡萏为笔，画你的样子。

四月奉花帖

一日。我的春天，是从二月就早早开始的。春寒时节，我翻一页诗，念一个人，春天就走在路上。四月的第一天，一定有人早早奉花晏笑，心为君妍。

二日。像一本诗集的扉页，该为一个人从心里抽出花枝一样，我偶尔眷顾的一条小路，被春风作序，开篇就走来你。

三日。许多天要在这个路口，想念一页未完的诗稿了。春风会邀百花到尘世，也会将尘土飞扬在这条小路上。也许你会经过，也许只是一声浅浅的呼唤，那么我“愿以潺湲水，沾君缨上尘”。

四日。据说那条小路的深处有村庄。我试着往里走，但因时间有限，总是没走进去。山路两旁多是田野，远处田边有几棵杏树，开满树的花。记得以前用近一天的时间翻数座山终于接近里口山时，在一个村庄外的田野里，也看到几株杏花开得繁花惹眼。那是第一次看到有人在田边种花树，而且不止一家。那里一定是世外桃源。

五日。远处山坡的桃花一定还睡在一页诗稿里，我眺望时，等着有一天，揉春为酒，绕花千转。

六日。已经一个月了，每天六点起床，穿过一条有些寂静的街，因为奔波而错过花开，该是多么寂寞的事。幸好，早在三月底，就忽然看到街边的玉兰，又开在枝头。从此每天清晨与她们相见。

七日。那片小桃林，终于被某个画家大大方方地点染嫣红。春天真的要来了。我拍了几次照片，都拍不出我眼睛里看到的美。有些美，能看到，却无法言传。所以，我想我以前最爱形容美好事物的一个词"美若往事"，是真的有深情的。

八日。很久没翻书了。在这荒山野径处，突然念起一句"白发江湖梦，青山岁月心"。

九日。奔波中再苦再累，看一眼荒山寂寞开的花，路上匆匆但面带微笑的人，心中充满温慈。想起多年前写过的"慈衷"：对世间万物怀有的慈衷，具有神性的力量。如同朝阳唤醒的微薄的露，黄昏拉开的温柔的画布，一年四季被庇佑的生灵所具有的简单心肠。

十日。傍晚回家，楼下细枝上的美人梅已开得清妍喜人。即使再匆匆，也不忘回头对她一笑。不经意间看到树下有几朵梅花，也许是小孩无意碰掉的。拾起带回家，摆进素花碟。因为爱，每一朵离枝的花，都没有离开过春天。

十一日。眼前一眼是红尘，脚下一脚是禅门。

十二日。泥土被晒得暖暖的，那是草木的床。我坐着，看云。很多事，放在心上就是事；放下了，就是天空飘来的一朵云。

十三日。那条土路跑过一辆车，上下颠簸，辗过尘土。一老农，扛锄经过，扑了一身尘，也不拍打，转进旁边的桃林里劳作。人生总有起伏，关键是内在安稳。

十四日。奉花晏笑。

十五日。人一生，翻过许多山，到最后，能在心境上淡若远山，不觉得悲凉，只有欢喜——像一条小溪，一场风吹过花，依然这样安然宁静，以目相怀念，以心，相照应——这样就对了。

十六日。微雨。坐一个多小时的车去，又坐一个小时的车回。窗外的雨，温润得像一个诗人的文采，为春天润色。痴而欢喜，这是生命的好姿态。看这一幅春色图，想象着一笔一画中的光阴，是最美的。

十七日。无字。

十八日。早晨小雨。于文字于平常生活中所见的美好里相逢美好。

十九日。节气到谷雨。写《谷雨茶》：在等你的路口 / 桃花是怎么开出诗的 / 月色是怎么做成衣的 / 而你，是怎么变成我的春天的 // 后来，我只是把柴门打开 / 让一杯香茗坐小院 / 看花露调脂 / 芳菲点唇 / 风为裳，水为珮 / 到处都是你 // 守着最后一杯谷雨茶，你不来，花不敢凉。

二十日。小区里的紫藤，就要开了。风尘里走来的人，幽怀相惜。

二十一日。岁月人烟，青的依然青，红的依然红，旧的还在旧。

二十二日。山色晴，春事好。

二十三日。千树繁花覆客杯。能静在花下，手中仿佛真有杯，花香斟满，不醉不归。

二十四日。春花夏花，一朵朵开过来，就是美好的一程程。有喜悦心的人，一直走在这一程程里，从来没有远离过。

二十五日。我想带一本书，在这荒山野径处闲时读几页。但这荒山是本寂寞的书，我想走进去，走成一页不被人阅读的插图。

二十六日。山路深处的村庄，我还是没见到，我怀疑不是我的脚步走丢了，就是村庄被一只鸟衔走了。

二十七日。我想感受一切细小的美，就像一粒米在旅行的途中，看见饥饿的诗人，拾起地上的落花。

二十八日。下午一二点到家，50 多天的忙碌告一段落。欠着杂志三四篇稿子未落一字。但还是放下一切，四点半去跑步。路上看见鸢尾花开了，五月要来了。

二十九日。终于从奔波的路上，回到一页稿纸上。杨柳依依，奉花相见。

三十日。等五月，奉花晏笑，君心可晴。

十二月帖

一日。忽忆清代蒋坦一句诗："一觉红蕤梦，朝来记不真。"灯花影中，桌上菖蒲与富贵竹，年年绿碧，但光阴却在一日淡于一日。十二月了。突发珍重记下一笔的念头，以作对整年的怀念。

二日。中午小暇，洗手，浇花，理书。茉莉枝蔓任长，没有修过；玉树叶厚而墨绿，安然不惊的样子。架上书，有些杂乱，稍作归整。但总会抚摸几本时，不忍放下，轻轻翻几页，走走神。唐代书法家、书法理论家孙过庭在《书谱》中谈过书法的三个阶段，最后有一句："通会之际，人书俱老。"凡事爱到极致，便能深潜其中，毕生所求，终到炉火纯青，人也到老境之年。"人书俱老"这四个字，用在人与书之间，有点安稳于日常，不疾不徐，淡泊忘年的况味。是，淡泊中最有深味。

三日。傍晚跑步，围一座小山。是以前早晨常来的山，山上有亭，有桃园，也有大宅。喜悦着，仿佛走进书中。喜悦心一定是一座山的卷首语。

四日。我决定从一场雪出发，到春天的路口去摆地摊，卖诗，一朵白云买一首。

五日。书架上的枯花枝有的已两年之久，仍不舍得扔。花的颜色在旧，但旧得很慢，像一封绵长的信，像一个迟迟没有说出口的心事。

六日。窗外的云很瘦，像一缕呼吸。

七日。去打印室打印东西，途经今年夏天曾在那凉亭里睡过一个午觉的某小园。回后写了一篇《寻凉帖》，还记得当时的感受，一是葡萄架下坐，凉就那样一丝丝缠上来；二是半梦半醒间，连园外柳荫下的脚步声都是凉的。没有过去坐，停下脚步，看了片刻，会心一笑。

八日。在阳光下，热爱每一天，人生没有那么多心理阴影面积需要计算。我只负责计算一场初雪到梅花的距离，深冬里的深情到一朵桃花的距离，一个脚印到一首诗的距离。

九日。和朋友吃饭，深夜归。如果可能我常喜欢走路回家，那么静。能听到风在打鼾，也能看到一行迷路的诗，前言不搭后语，急匆匆地赶路。

十日。《读美》二十期发布，在窗前坐了很久，有些说不清的伤感，改版明明是好事啊。这一路，《缘分》《恰恰好》，便用《你的名字》《绣光阴》，再《小坐》《窗外》《忆》《心事》，又《月下》《小酌》《把卷》，一路《暖香》，直到《初雪》飘起，一路的《痴》，一路的美。舍不得。

十一日。二十一期，主题《从前》。新的旅程，继续美好下去。多年后，今日也是从前，再回忆起，皱纹会因为笑而更美。

十二日。楼下的女人又在吼，整幢楼都在抖。大多时间里，我一直假装不认识生活这张脸，我只愿记得一首诗的模样。

十三日。老友归。老友是一种岁月。

十五日。因心在山林鱼鸟、花月琴樽间，凡动情处，都有诗有画。冬夜看一幅幅有关我文字的手抄，每页一侧画着一枝一花，那笔下尽是兰蕙之香。

十六日。一早大雪，纷纷扬扬。踏雪去山林，送一个好消息，告诉山桃，告诉寒枝。

十七日。每一部想再看一遍的老电影里，都有一个旧人一场不老的传奇。

十八日。欣赏一类人，他们是亲和的，温柔的，他们懂得与生活与世界亲近，与人与物亲密。

十九日。如果所有的车，是棉花做的就好了，就不会伤人了……

二十日。水墨住在江南，往事住在隔壁。

二十一日。捡了块石头，闲时放在耳边听，有流水曲。关于石头，想起一段历史故事。晋代孙子荆把“枕石漱流”误说成“漱石枕流”。有个叫王武子的人问他说：“流可以枕，石可漱吗？”孙子荆回说：“所以枕流，欲洗其耳；所以漱石，欲砺其牙。”这样的解释，真是妙不可言。

流可以枕，枕出了诗意，石头怎么漱口呢？原来是想磨砺牙齿。

二十二日。怀向阳心，草木照映，清如溪水，洁比雪白；怀向美心，看万物迷人，如住白云屋，傍水依山；怀向善心，能包容、肯原谅，开门见佛面，和气蔼然。自在人生，山高月小，水流花开，一番欢喜一番痴。

二十三日。看一个笑话的加长版，多事之人最后加了一句：她说分手吧！他说好，走一百步以后见面还是朋友。她走了 99 步后回头一头撞在他怀里。他说，只要你回头，我会一直在你身后。她哭了紧紧地把他搂在怀里！他顺势扔开藏在背后的板砖。原版是童话，加了一句是现实。可我宁愿童话都是骗人的，也不愿现实是杀人的。

二十四日。入心即是深情。

二十五日。调制一杯时光，可以自饮，可以与友人碰杯，可以与亲人围桌，每一寸珍惜的光阴里，都有好人生。

二十六日。太阳落到海的那边去了，黎明东方便泛起鱼肚白。鱼还在躺着睡觉呢，我不急着起床。

二十七日。我觉得在世上，有两个“放开”很重要。一是放开了恨，其实就是放开了自己；二是无所需无所求也无所谓，所以就能放开很多事。

二十八日。梧桐叶里的秋声，追着一个诗人。诗人欠了秋天一首诗，从唐逃到宋。突然，诗人停下，因为一场雪落了下来。诗人笑了，他终于还上了诗债。

二十九日。这个世界上没有什么一定要轰轰烈烈的大事件，就是一些小事小情，小满足小自足，就好了，就是非常好的生活。

三十日。痛的，也许是最痛的，好的，也许不是最好的，都过去了。心中留一间屋，给阳光客人住。再读以前写过的句子：请以温暖的手，牵起风，牵起洁白的诗行；请以美好的愿，画眉眼，画一抹浅笑，画无邪又无伤害的爱；请以自在，对望，请以自在，相爱。

三十一日。我要在十二月底，抵达一本书的封面，因为听说桃花在等春风经过，我要等美好经过，等你经过。

第四辑　一帛花信

远山一片田，六月稻花香。

一路七月蒲草，八月兔葵，再走过九月白露，十月霜，

路过街边一场小雪，就走到了我与你的初相遇。

我的心里有一片花田，种着十亩风，自性清静地爱你。

春将暖，花将开

=1=

春将暖，花将开。这个世界最美的信差，就是一份美好的情怀。

二月杏花闹枝头，三月桃花粉面羞，一定是信上有人寄来春风十行。眼里有芳菲，心中枝抽蕾。每望一眼窗外，再也没有年少时的闲愁，只静静感受尚有凉意的风，感觉风中有云影，拂在脸上，春意阑珊，像一个绵长的吻。

=2=

冰肌玉骨清，风来暗香暖。

寻寻常常岁月，手指间有一份清，感觉写出的字也带着溪水的欢悦，犹如与你初相逢；眉目清，看日看月看山看水看书看人，都是清澈的镜子，照见风，照见香。

即使寒未退，凉意未尽，已然能见花底年光，山前爽气，见你发上涟漪，唇间花蕾。

=3=

喜悦心一定是一个人的宗教。

比如有人喜欢收藏，每一件藏品，都自成一段诗意人生。我想真正的收藏家，一定是一个与过去，与往事，与流光中的自己及一份爱，有着密切交流的人。

这样的交流，是多么令人喜悦的事情。注视一个打了补丁的碗，看着无枝可插的空花瓶，抚摸一把古色老椅，或在一座茶色书柜前凝视，这样的人，静得像一片梦。梦里，春将暖，花将开。

=4=

这是一个发生在春天的故事：

一个房间苏醒了，两扇窗扉，被一缕朝阳打开，眉目便清亮起来。

风在窗外，徐徐吹，几只小雀，跳在枝尖。不，是跳在一封远方寄来的情书中，跳成一个逗号，一个句号，或者一串意味深长的省略号。

你着急起来，推窗望去，小雀们就跳跃地飞走了，留下满篇诗情浓得化不开的词句，让你不喘息地读啊读。

=5=

石头的门在哪里？阳光是怎么走进去的，涛声是怎么唱进去的？

花香在敲门，虫鸣在叩门，只有一粒草籽，被敲醒了脑袋，睡眼蒙眬，把季节的门打开。

只要能一冬呵护一粒草籽，一块石头的门在哪里又有什么关系呢？它的世界里，自有白云悠悠，芳草连天。懂的人，就找到了门。

门一开，遇见你，春将暖，花将开。

=6=

绿叶与春风从来没有约定，花朵与春天从来没有约定。

长路和远方从来没有约定，你和我也从来没有约定。

春将暖，花将开，行云自来，流水自在。

=7=

风有没有种子，长在哪儿，开什么花？你有没有爱过，心在哪儿，结什么果？

管他呢，来不及了，春风十万里，今日到我家。

春将暖，花将开，很快水色窗窗见，花香院院闻。

把花开遍

=1=

早晨沿环海路跑步，撞见孤石旁一株幼松泛着绿，心里突然一下温暖起来。

这个初春的早晨，我相信，我是一个追赶春天的人。

回程时最喜欢爬过一座山，草未生，露未起，泥土不暖，一定没人在这里种过诗。

泥土里没有一粒诗歌的种子，谁来叫醒草，唤醒花。

=2=

一个人，在一杯茶香里，在窗前，静静翻开一本旧书时，他的心里一定藏了一个美好春天。

一个人，在一纸书页里，在午后，痴痴流连于某个字时，他的眼睛一定在寻找春天的消息。

=3=

看当地晚报，竟然有南宁青秀山十二万株桃花开放的消息，篇幅还不小。

心中顿生喜悦，山中花事不应该是我们城市里最美丽的消息吗？

如果哪一天，报纸头条是“花开了，看花去”，我愿在这一版面上，把一生耗尽。

=4=

想象你，是一件美好的事。想象你，是你给我的最好的消息。

比如，早晨窗外，鸟儿还在寒枝上叫，你已踩着露与花香来敲门。

你在或不在，窗外的春都会来；你来或不来，心中的春都会在。

=5=

站在望海平台，扶栏凝视，想起“栏干十二独凭春，晴碧远连云”的诗句。

只到此，不念“疏雨滴黄昏”的离愁别绪。

因为我知，君心若晴，远山生云。

如此，千里万里，二月三月，云来看云，花开看花。

=6=

总有一个人，愿意为你，把枝抽细，也要把花开遍，只为留给你，春天的消息。

总有一个人，想把胡茬拔净，把两鬓的雪扫尽，只为做一个寻找春天的人。

你是岁月枝头衣袂飘飘的诗行

=1=

你有没有想过去流浪？

哪怕在一本书里，你流浪到一个句子上，坐一坐，坐成一个最美的词；在一首古诗里，你流浪到一座桥上，走一走，走成最美的韵脚；或者干脆就从你每天经过的街道出发，坐上一列叫《诗经》的火车，去更远更远的地方看一看，途经《宋词》《唐诗》，再美也别停，一直坐下去……

=2=

走在一首诗里，我不期望长成一棵参天的树，霸占你经过的每一个路口。只愿，诗是收留我的、最后的温暖之地。我只做一颗安睡的种子，就很饱满了。就那样睡，睡在旧时光里，睡在往事里，睡在未寄给你的最后一篇诗页里，睡在一生万年里，睡在，不醒，即是来世的梦里。

=3=

有一种爱，不求最终结果，不求你爱，只求活在这一场梦里，是一颗诗的种子，不生根，不发芽，不参天，不开花……

你是我渐行渐远依然美丽的韵脚，我是你且行且惜已然古老的平仄。

=4=

江南一定是一部诗稿。水墨染字，烟雨润色。

读一行，时光微芒，眼中一个季节，纷纷嫣红；翻一页，岁月温润，手心一杯暖茶，盈盈一水。

时光叠成一座小镇，往事裁出一袖水乡，一块青石映花，一曲流水照月。

你来时，苏堤春晓；走时，平湖秋月。喜悦，忧伤，写在一行，读时泪两行。

=5=

一棵树，是沉默的诗人。当风中传来你的消息，便落下纷纷诗行；当黄昏飘起白雪，便装订成素心封面。一整个季节，不曾翻开，也不曾传阅。

下一季，依然——你是岁月枝头，衣袂飘飘的诗歌；我是时光池边，手持花笺洗砚人。

窗一推，风一来

=1=

除了童年，曾有一段时间，最盼过年。过年回家，老爹烧炕，老妈做菜，我赖在炕上。这是本真的盼。

现在也盼，盼着一年回去见一次长辈，与他们说说话，喝二两烧酒。

脸喝红了，心喝暖了，泪喝热了。

热的东西，一定是老的。

一碗饭，等你的人，热了又热，必是至爱你的人，比如老母亲；一份情，守着的人，因为热爱，所以从不曾离弃，比如老友，老相知。

=2=

看家里一幅泛黄的挂历画，画着山水，竟然发了很长时间的呆，心里充溢着美好。

这画的好，不在艺术的美，在年久岁深里，它竟然还在。

怀一种美好，即使困于一室，也得旷达美意。再看草房外的远山，仿佛草木不是住在深山里，仿佛我一直与我的草木走失——它们来人间找一趟，找得秋凉又到冬，找得一身枯寂不悔。

而我在一幅旧画里寻我遗落的草舍一间，只为还能再读一遍桌上一页未写完的诗。

=3=

我的耳朵终会慢慢失聪，但我能听见远处山上一群蚂蚁开庆功宴的欢呼声，因为它们终于找到了我藏的一枚榛果，幸好，我写给满山草木多情的信，它们还没发现。

我的鼻子不会闻香，所有你问我的香味，我都答成童年记忆的草香、松香，但我能闻到远山野花开放的瓣瓣诗香。

=4=

《时间都去哪儿了》写得真好，听哭了。

村里的老树一身枯黑，还挺立在那儿。

迎面一个老人，颤颤巍巍，走着走着，就走成我眼里的一缕炊烟。

柴米油盐一条路，我是十几年哭了笑了，离家的孩子。

门前老树长新芽，我是一年一次，笑了哭了，温暖的归客。

=5=

该看看那连绵着，越来越矮的寒山。它还收藏着我迷路的脚印，如同收留着节令的诗稿吧。

我知道人生的节令，几个瞬间，微笑一日，快乐一天，便催绿寒枝。

确实不用多少时间，满眼葱茏，满山无路。

从哪儿走？

眼前老柳披发，耳边虫声粒粒，鼻尖掠风，脚下裙草摇曳，一地绿长。几步外丛生野花，半空中几只蝶，身上还粘着水彩。抬不起脚，寻不到小路，一步踏深，仿佛就落进了某个丹青妙手的圈套。

于是，就那样站着、看着，看一幅自在的山水画。

=6=

我在窗外，东栽一垄桃花诗，西种十里春风。

很快，树要发芽，草要绿了，窗一推，风一来，春暖花开。

真好。

大自然给每个人都写过一封情书

=1=

大自然给每个人都写过一封情书，有时间一定要去收取。

有的托清风，给你眉间捎来照水姣花；有的托雨露，给你心头寄送好花时节；有的托明月，给你腕间绕上半帘花影；有的托鸟鸣，给你耳边弹响高山流水。

=2=

一个新芽，一个逗号，巧笑倩兮；一朵嫣红，一句诗词，美目盼兮。草木纷披为行，百花开成信笺。你走在其中，有美一人，清扬婉兮。

=3=

长堤柳，深巷花，通幽曲径，流水小桥。世上的美，在书间，在画中，也在爱的眼睛里。

看一眼柳丝披风，人便洒脱了几分；闻一阵飘阶暗香，人便静谧了几许；走进浅草幽径，人便忘忧了几多；行到清水白石，人便澄净了几世。

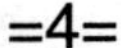

=4=

和你一起读一读花开的诗，念一念草木写的信，仿佛时间都不在场。

草露在一边睁着纯情的眼睛，鸟儿在树梢上跳跃着饱满的歌声，远山尖头白云悠悠，有清风过耳，花香点唇，那就是山川回响全部的深情。

=5=

如果能遇到山中人家，是最美。小园低篱，炊烟袅袅，屋前树满花。你站在篱外，看着愣着，山藏茅屋，心有一隅，似乎每日也曾笔耕为炊，升起诗情画意的烟火。再一想，诗中所说的“翠色和烟老”，原来都这么美。

此间，山中，望一眼，顿生与一人老在这里的愿。

我们站着，不说话就十分美好

=1=

非常惭愧，这句话在网上大红大紫之前我就看过，竟然不知道是出自顾城一首《门前》里的诗句：

我多么希望，有一个门口 / 早晨，阳光照在草上 / 我们站着 / 扶着自己的门扇 / 门很低，但太阳是明亮的 / 草在结它的种子 / 风在摇它的叶子 / 我们站着，不说话 / 就十分美好……

一遍遍读着，开始恨，恨不早相逢，恨一路悟出的美好，要到人生迟暮时才懂得。

多少次在街头傻坐，看人群，想看每个人的去向；跑老远的路，在火车轨道边想着远方；蹲在一棵树下，看一株孤零零的草；不停地在酒店旋转门里转来转去，等一刻转来似曾相识，然后彼此错过；于每一部电影里寻找一棵树的美好时光，再在阳台上看我窗前一闪而过的车灯。

渐渐，才懂得，什么也不要，也不需拥有，只在心里藏着几粒草籽花种，藏着每个清晨杯边的微笑和远处的钟声，藏着一页纸上我们一起经过的小水流，藏着旧街上响在青石上嘈杂的脚步声里你的一句歌词，就足够了。

而某个地方，草在结它的种子，风在摇它的叶子。

=2=

我想我还可以减掉什么。

那些画在画上的长在风里衣袂飘飘的音乐，我是一枚跑调的针脚；那些在我掌心里上演的电影，我是一句可有可无的旁白；那些被鸟鸣衔来被风弦拉奏的远山远水，我是一条长满野草的老路……一样样，被我减了又减。

薄雨收寒，斜照弄晴，一切的景，物，美好事，都在那里。岁月阔山阔水，人间万种千般，我想最后删繁就简，只剩下一个字，随风飘去，然后落在某个地方，长成一棵深山里的树，树叶沙沙，就像在唱一首歌，就像在为某场电影而感动。

而身边，草在结它的种子，风在摇它的叶子。

=3=

一棵树，就那样站着。最美丽的时刻，就是席慕容所愿，长在某个人经过的路口。

也许还有一棵树，它的种子，曾粘在古时读书人的衣袖上；然后被一朵桃花照见，约在枝头，要开出琴声；行云流水谱上半款曲，就差一个迷路的诗人痴痴地唱；又染上荷风，送到清晨溪边一颗露水的唇上；一只绿鸟捉住半缕香，扑扑地飞走；它清亮地笑着，笑声溅亮一条溪；那么清亮的溪，女子浣花，男子在上面写诗，清风说那是远山唱开的嗓子，叮叮咚咚到远方；这颗种子便从一个浪花车站出发，要长成世间的另一棵。

自然，这世上，远山深处，一定还有另一棵树的种子，正打开相同的旅程，终要欢喜地落在一处，欢喜地站在一起。一定。

当你看到时，你要用心去听。你听，一棵树，长出琴声，一棵树长出诗行；一棵树长出落雪，一棵树长出舞袖；一棵树长出落日，一棵树长出明月；一棵树长出年轮，一棵树长出梵歌。

草在结它的种子，风在摇它的叶子，我们站着，不说话，就十分美好……

花凉记

=1=

夏日最美的事，套用徐玑的《夏日闲坐》所言，莫过于，蝉噪夕阳里，人坐阴凉处，石边看清泉，风过闻花香。

=2=

夏天怎么会热呢？看尽落花，簌簌如雪，已在盛夏时开始告别，心不由得便会凉几分。

宋朝王奕有诗句“西风策策麦花凉”，不同心境，看花亦不同。同一时代的陈普则有“桐花如雪麦如云”句，却多的是浪漫情怀。

花凉，两个字，意会不可言。

=3=

手中经卷翻起，心头经幡升起，眼前诗卷念起，只为见到你。

一路走来，人一生，黄昏风雨；到最后，人一个，水月俱静。

花满满地开过，薄薄地瘦过，清清地凉过。这才是人一生四季中，宁静的夏天，宁静见你。

一个人的时日，不见悲喜，不见苦乐，不见寒暑，不见佛，只见你。

=4=

有一种女子的美，是花光灯影，暗香浮动；有一种女子的美，是细水长流，恬淡清浅；有一种女子的美，是白堤相依，弱柳扶风；有一种女子的美，是烟雨画桥，空灵幽寂。

每一个女子，其实都是夏天的一种花，而不是别的。不是浓郁的绿，因为她的心，大小只能开到一朵花；不是阳光，因为她的情，多少只有几瓣的香；更不是蝉声虫鸣，因为她的花语，厚薄只有几首小词小令，说给一个人听。

所以，夏天唯一清凉的，就是花。

=5=

一个女子，穿小碎花布的裙，淘的，或亲手缝制，这样的时光，是只有夏天才会恩宠的。

就像在山中，偶遇一条小溪，小得应该只能叫小水流，但水清，有落叶远随流水去。水边错落碎花，星星点点，颜色不一，这时蹲下，撩几缕水，顿觉手指纤美，清新可人。

而这样的小溪，其实就在小碎花裙上淌着，要不，那些小碎花，怎么就开得娇好妩媚，清凉喜人。

=6=

唐代高骈被誉为“咏夏之佳品”的《山亭夏日》，所描之景确实撩人，清凉一身：“绿树阴浓夏日长，楼台倒影入池塘。水晶帘动微风起，满架蔷薇一院香。”

其实到夏日炎炎时，蔷花早开过，但在山外小院，绿树荫下，清风微微，看一眼满架蔷薇，花香早就沁人肺腑了。

单单那样坐着，花谢过，被风带走，又随流水而去，但此时风动蔷薇，枝枝蔓蔓，已是人生最美的景了。

花事小笺

=1=

你在凋落的花瓣上，写几个小字寄走，来年花再开，你看上面应有浅浅的字痕。每一朵花，去时都会途经一颗心，回时总会捎来小笺。

=2=

杂志做问卷，有一问：喜欢房间里的什么声音？

我答：最喜欢古诗里的深巷夜更、石上清泉、月落乌啼、雨滴石阶声，每翻一本古诗书我都能听到；也喜欢溪声、松声、鸟声、落花声，养的石头、花草里皆有。

=3=

简媜写台湾农村，“有翠竹处有人家，连翘篱、鸡屎藤一路撒野”，几笔几字，全是细致心思。“撒野”则有返归内心的好，所以才能放开捆绑的自己，随一阵风，随一路的绿，随忽然掠过鼻尖的香，化羽而去。

每年从春天开始，一路跟着草木与花跑到夏天，有时跑成云，有时跑成溪，有时跑成风，有时跑成一阵花香。

=4=

午后，风正在窗口吹进来，在一片斜斜的光影里，一株茉莉，细枝轻摇，与窗外远云，从容无语。你正在酷热中煎熬，也许该过去坐一坐。

什么也不用说，什么也不用想，最清凉的心事，莫过于此念彼念，如清风拂面，花枝念远。

=5=

一直想活在清风明月百花中，最终时常觉得活在水泥砖瓦缝里。但清晨跑到山上，见一颗露珠，竟莫名想要流泪，见草木葳蕤，林光温润，自己何尝不是一棵，又喜颜欢愉。

也许，花开是在写一封信，我站在花前，我已是信中的字。

=6=

韶华胜极，终是“开到荼蘼花事了”，有些悲凉。可是，即便“渐行渐远渐无书”，仍只愿“但惜夏日长”，听水响，闻花香，走在一行一行的流水光阴里，珍念一瓣一瓣的落花往事。

寻凉帖

=1=

古木、涧水、幽篁，半盏茶，斜依晚亭，风送水声。这样的生活，被一些古人写了又写。想想于今天而言，这是多奢侈的生活。

古时的夏仿佛都是凉的。

=2=

今年夏天常去某小园，有满架的绿葡萄，有凉亭。在葡萄架下坐，凉就那样一丝丝缠上来；小亭里可躺，我在那里睡了一个中午，半梦半醒间，连园外柳荫下的脚步声都是凉的。

夏天到哪里去找清凉呢？花棚、蔬果、珠帘、翠篁、轻罗小扇，或者一个目含秋水的人，一页落花红冷的往事。只要你去寻。

=3=

去借月光。缠在腕间是玉镯，插于鬓发是步摇；落在纸上是一篇清凉帖，挂于窗前是一卷添香图。

月光是清凉凉的花，去赏几枝，摘几朵。案上瓶中插一枝，窗前帘上绣一朵，顿时一屋子的清凉好意。如此再翻书，把夜读深了，床

前明月扯一缕做书签，别在那一页，安心睡去。

=4=

早起，去走一条草露沾衣的林间小径。鸟在树上叫，鸣声如溪水，涓涓流在衣领上。花瘦露清，清风染眉。若是两人牵手而去，一定是，一人眉间如戴清凉的花钿，一人眉间有爽清良风。

回来的时候，人似乎也清了几分，凉了几分。一天的灼热人间，因你领上有溪水，眉间有清风，仿佛只要愿意，便可水畔闲来上小船，总能去到清凉地。

小窗眷上花影

=1=

秋在镜前，月描弯眉，露点珠唇，瘦水润面，清香绾发，云卷小袖。左右眷顾，纤细身姿，冰肌玉骨，缥缈出尘。

=2=

立秋之后，一阵风来，一场雨至；风吹一行落叶诗，雨拨一声秋水弦。我只想做一个读诗人，听音人，眷眷怀顾，落一身秋叶秋韵。

=3=

秋天，花色宁静，不争宠，不耀眼，色无意醉人，香无意袭人，眷心清冽，风情透骨。像古仕女的配饰，比如玉钗低垂，翠钿细细，内敛，委婉，扮眉梢一分娇，眼角一分俏。

=4=

登山临水，看天边飞鸟，烟树两三棵；沿路回望，槛菊闲开，流云一团团。走得越远，越感觉似秋阳眷顾的一朵花，慢慢退香，悄悄退静。

=5=

走一行小径，走在平平仄仄的秋光里；坐一方小院，坐在声声慢慢的老翠色处；倚一扇小窗，倚在层层叠叠的花影里。我只是想，以一种清清凉凉的方式，眷念一个黎明，一个黄昏，一个开满花的月亮。

=6=

秋日黄昏，最美便是，小巷遇雨，一把骨伞，撑开一行诗。我想做一个韵脚，滴滴答答，与你眷恋，并肩而行。

=7=

常常在秋夜，眷上一页书，一盏灯，一扇小窗时，恰恰好，小窗眷上花影，花影眷上月色，月色眷上游云，游云眷上远山，远山眷上小窗，小窗眷上灯，灯眷上书。

一行诗三百

思无邪

人，一步一步，越走越少。最后看着一块石头，一棵树，一场风，都像自己的老朋友。

有时，这份清寡，又像一枚词语摆放出去，犹如摆在心里几上的一杯茶，谷雨茶叶，寒露水，因为透着一份清，所以喝起来，总有前尘的味道。

说起时，犹如风一程雨一程的旅途。你来，我也来。堂前起风，心的帘未动，但你知道那是一场传奇。你们两个的传奇。

有一种感情，有一个人，藏在心里的，越是深，越是觉得彼此在一起。有时会觉愧疚，但终究是欣喜的，因为，不是每一个人，每一份感情，都可以不需多少言语，也彼此深知。就像《诗经》，一个字，一行诗三百。

我愿在一个午后，有秋阳，有婆娑的影，一株柳，一腔前尘般的缘，一场清风下，端坐如佛。

然后讲些旖旎的往事，六十年间万首诗，你是我写不出也吟不下的最后一首无题的诗。

但此间人生，佛事不过是你我相顾无言的情分，却是一行白鹭一行“思无邪”。

桃夭记

闲云落枕，窗外一夜桃之夭夭。

水墨最难画出桃花的静，因为缺一粉胭脂。与世间的情分，就在那一坡的美意，只能远远望去，看灼灼热烈，静得已如画。

人与人，交往如看画，静成画中人。某一时，笔墨说不尽的，自有袖底一枝桃。更多的岁月，全在不得遇见的途中。

一路走来，常常还是盼着草舍天光，云墙篱落，自得天然莽远，是心远地自偏，或者东篱采菊？但有晚霞西去，春来又到秋，影影绰绰的往事，寒鸦也懂燕燕于飞，一厢风情，也知卷舒苍翠的老意。

往事常常是这样的，能“灼灼其华”，也能“宜其室家”。你在一挂山坡上，看眼前景色，如水墨挂在墙上，恍惚觉得“江山无限景，都聚一亭中”。

人的感情，就是一长亭一短亭，折了柳，不相送，以为从此再不相会，恨恨地，狠狠地，任东西南北风，那个人，已远在二十四桥。

而某一时的闲云又来，忽然才知，“去时陌上花似锦，今日楼头柳又青”。何止是柳，留不住的还有一坡的胭脂，只能低低地描着，描上眉，描上水袖不愿老。

可是，桃花在袖底开着，却老在唇边。

子衿老

忽一夜，云上一舒一卷，人间一来一往。燕园转廊，幽幽唱腔，子衿已老。

情如一山的溪，明净如妆。遇一株草，或卵石，潺潺泠泠，怎么流都“悠悠我思”。每一次交汇，都是“青青子衿”，软玉绵丝。怎么就忽然老了，怎么就听不出泉水叮咚如环佩。

老的不是望眼，不是唇上低语，不是一身白裙，一环绿玉腕，不是衣上领间的气息。老的是一念起，帘幕无重数。老的是旧梦，是落日和断桥。

这时，且留一风琴弦，孤响清越。即便“独鹤忽不见”，自己仍能“悠云自来去”。如此才不负一厢情愿，一水微澜。

直待一人独坐，风吹竹响，幽幽如一帘梦，于恍恍然时，疼到老意成茧。然后惶惶间，低低回旋，攀上往事的衣领，披了薜荔，系了女萝，只为脖间云深有知处。至此，还愿把水袖甩老，把咿呀的唱腔唱老，只为某一刻，忽如一夜春风。

但是心下明了，低低一回首，燕归来，子衿老。

一帛花信

石上流

一天洗手数次，不为净，只为水。不是清泉，不是石上流，但想象，是清水，很清，清到喜。

《红楼梦》里大观园有溪名叫“沁芳”。它是大观园的一条命脉，所有轩馆景色都是依此溪的曲折而贴心布置，花落水流红。

沁芳两个字，意蕴幽微，初读有一丝饱满，再读又让人有薄凉感。这或许是跟红楼一梦的结局有关吧。但芳字，确实是人一生需要的气质。人居一房一室，一室里的一桌，一桌上的一茶，一茶里的一花，都能给日常生活染上香气，染得人一身芬芳。静气岁月，香气袭人，而一个沁字，透着清，透着小欢喜。一年一年，一月墨兰，十二月香雪海，都有这样的幽清。沁，从水从心，因此日常见水，清凉入肌，流到心石上，开素花。水是最清凉的一朵花。如此，素简日月，再深的掌纹里，即便走失了一声鸟鸣，一朵云，一串瘦马蹄音，此时仍有水声清响，一阕词，一曲菱歌，在指间弹唱。

花信风

一面镜，照见岁月桃面，时光丹唇，这样的女子，面容姣好，美目盼兮，住在二十四番花信风里。

小寒赏梅，出门见山茶，窗台开水仙；大寒深山有瑞香，厅前兰花友，煎山矾三钱，茶饮暖心；立春一簇迎春黄，一路春好处，转眼樱桃红，望春一树粉紫紫；雨水湿菜花，换上棉布裙，深巷杏花闹，看村外李花笑枝头；惊蛰一声，桃花开成诗，棣棠忘忧，铺上宣纸，画蔷薇半窗花成海；春分时节，于一枝海棠上，捉住“小蕾深藏数点红”，篱落边梨花白，木兰本素艳，风吹腻粉开；清明春深处，桐花落，麦花写信，柳花读；待到谷雨，牡丹花前绘满月，荼蘼一开，楝花簌簌落清香，何尝不是一个女子对岁月最深情的落款。

花田薄

远山一片田，六月稻花香。一路七月蒲草，八月兔葵，再走过九月白露，十月霜，路过街边一场小雪，就走到了我与你的初相遇。

那里薄地十亩，花田一片。菜花开成溪，看看都人心荡漾，再借得斜阳共钓舟，舟行宣纸，我绘你一身薰衣草。费玉清有歌唱道：“人间有天堂，天堂在陋巷。春光无偏私，布满了温暖网。”这十亩一片花，在我眸，在我肌，在我气息，在我纸上草舍篱落旁。回到烟火里，你望一眼，一眼是天堂，你走一巷，一巷有春光，你爱我一草一木，我心密成温暖网。

剩下的岁月，白花浮光凝碗面，我却要我，在苍老的心上，再起峰岚，起与你不离不弃一世的山盟，开满桃夭。

我的心里有一片花田，种着十亩风，自性清静地爱你。

为了与你在春天相遇

为了在你窗前，爬满花期，
我从二月开始，
把春风剪细，折一枝东风催柳信，
只是为了与你，
在春天的第一章就相遇。

为了与你在春天相遇，
我翻遍了江南二十四番花信，
描摹了五千青石巷，三万乌篷船，
只是为了在你经过的最后一个巷口，
看你一眼。

为了看你一眼，
我抄了三千六百夜经卷，
洗白了一万万朵桃花诗，
又铺好千里水墨，披十里春风，
染一身天青色，
等在一场烟雨里。

只是为了，
与你在春天的最后一章擦肩，
为了
在下一个春天的路口，
与你相遇。

等你来

因为你可能是风，在清晨吹过我窗口，
所以我建了一座春天，
心流清澈水，眼开明净花，只为等你来。

因为你可能是雨，在黄昏滴落我檐前，
所以我画了一页江南，
黛瓦青石巷，苏堤柳生烟，只为等你来。

因为你可能是花，在午后绽放我脚边，
所以我写了一方小园，
竹篱围茅舍，风弦日月琴，只为等你来。

因为你可能是月，在午夜婵娟我桌上，
所以我研了一池水墨，
笔尖迟迟语，素笺细细说，只为等你来。

因为你可能是梦觉透窗风，
所以我是空阶夜雨频频滴；
因为你可能是细雨到黄昏，

所以我是点点滴滴梧桐语；
因为你可能是花香绣罗衣，
所以我是当时明月照彩云。

因为你是岁岁年年，月月日日，分分秒秒，
再也不会老去的回忆，
所以我是秒秒分分，日日月月，年年岁岁，
越来越老等你的旧人。

小屋背后的节气

乡音被云裁走，裁成开放鸟鸣的帛画，雁阵经过时，捎回片言。
花影还留在屋前，屋后一颗露珠，养着一圈圈年轮，黎明不语。

鹰衔走一个季节，镜子里的节气很漂亮，一尾鱼游在眼角。
屋前远去的烟火，照亮屋后你挂在树上，衣袂飘飘的诗歌。

我要在手心里长出月亮。
我要在眉目间长出清风。
我要在唇齿上长出桃园。
我要在心底下长出小径。

我的相思没有名字，屋后八月桂，孤香开不落。
没有你，我画不好闲日月，我怕你不识我屋前夜。

我的挂念没有名字，屋后一月梅，寂寞开无主。
没有你，我续不上半炉香，我怕你不识我屋前风。

我的远眺没有名字，屋后三月园，半畦翠韭黄。
没有你，我种不出一首诗，我怕你不识我屋前桃。

这是我极爱的紫藤花架，旁有小亭，至夏时，会睡在小亭里。常常有美好的幻觉，一睡醒，我已老得哪儿也去不了。

家里一定要时常邀一些客人来，开着的花，或枯了的枝。因为这些客人，清风会来，明月也会来。

春天在林间，拾风落的小山雀窝，插几朵瘦小的花。放于枯枝上，是给枯枝写一封信，告诉它，春天来了；托于掌心，是以掌心为巢，寄养春天，涤心中尘埃，解浮世羁绊。

我所有的盛开，所有的热烈，只是怕错过你来的每一分每一秒。

我的守望没有名字，屋后十月菊，欲开已忘言。
没有你，我修不好一架篱，我怕你不识我屋前径。

我是你忘记带走的一句乡音。
我是你忘记读完的一章诗句。
我是你忘记绣上的一片月色。
我是你的，去年天气，旧亭台。

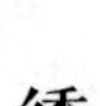

绣

绣好小弯眉，绣好秋水眼，绣好杏脸桃腮，
绣好柔荑十指，纤纤出袖，我在等你。

绣好一砖一瓦，绣一条青石路，等你。
绣好斜阳烟柳，绣好流水鸟鸣，
绣点点斑斑旧事，绣黄昏与暖灯火，等你。
绣一轮月挂枝头，绣几行诗爬枝叶，
绣好香茗，等你等你。

然后绣上你身影，绣出你足音，我在等你。
绣你欢喜，绣你微笑的嘴角，我在等你。

绣了又绣，绣等待，绣思量，
就这样等你，就这样绣。
绣高了门前树，绣长枝枝条条，
最后把老屋绣上枝头，绣上清风枝头，
被月光点亮，就这样，这样等你。

与我擦肩

哪怕一次，
我两耳白雪，
你一丝一缕
霜白，
与我相遇。

我们在一个街口，
在图书馆，
或在月下的夜，夜里的风，
轻轻吹拂……

你走过来，
我，走过去，
打了一个照面。
然后
擦肩，
突然各自回一下头。

然后缓缓

各自转身，
缓缓缓缓往前走，
莞尔一笑。
眉目明媚，
莞尔
一笑。

哪怕就这么一次，
我两耳白雪，
你，一丝一缕
霜白，
与我擦肩。

念你的韵脚

如果一笔线条，
能流成溪，
映你的影，
还要画那么多好景干什么？

如果一缕清风，
能绕花枝，
抚你的开和落，
还要盼那么多春天干什么？

如果小桥已流水，
一把伞等在烟雨的窄巷口，
念你的韵脚响在心头，
还要留那么多望眼干什么？

如果水里有你影，
花中有你脸，
心头有你念，
还要那么多无趣的光阴干什么？

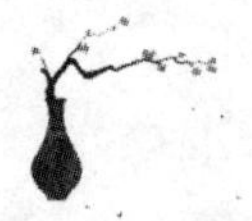

我想拉着你的手

雨牵着雨巷牵着巷
我想拉着你的手
就像笔尖轻轻划过洁白的纸张
就像纸张恋着心跳的诗行
就像诗行里
一个字与另一个字该有的模样

我想拉着你的手
就像巷牵着雨雨牵着巷
就像花气熏上你的衣裳
就像
我水墨的影子孤单单地投在墙上
可你还是和我并肩一行

在你花香抬轿的小村里

听说你那里
荒草都是中药
专治乡愁

我的乡愁
是天之下地之上
一切细小的美

我的乡愁
是你那里春风翻过篱笆
篱笆抱紧小院

于是我觉得我去了
去坐了一张凳
坐了云朵
坐了月光

春天在你的小村里
安排一朵花和另一朵花在一起
也安排我的乡愁和一味药一见如故
春天那么长
我是你花香抬轿的小村里
走得最慢的客人

分不开

如果诗
必须分成一行行
那我不是诗人
因为我分不开
连绵的山
缠绵的水
分不开一朵花与另一朵花
分不开
你和我

惊蛰

等你惊蛰
我才敢相信
春天正在准备一场花宴
我才敢
请一枚枚词语赴约
摆长桌
设花器
捧酒奉茶

携一卷书来的叫墨娥
着一身白的叫云容
桃花始华
梨花梳妆
残缺的诗稿
也开始发芽
一酬知音

谷雨

在等你的路口
桃花是怎么开出诗的
月色是怎么做成衣的
而你
是怎么变成我的春天的

后来，我只是把柴门打开
让一杯香茗坐小院
看花露调脂，芳菲点唇
风为裳，水为珮
到处都是你

守着最后一杯谷雨茶
你不来
花不敢凉

给

去给一条小路命名
去给一朵花选嫁妆
去给风准备摇椅
去给月煮一盏茶
恰恰好
你沿一个名字走来
沿途赴花的喜宴
又落座我的清风小院
仿佛一生
就为了这一刻
亲手给你倒一杯茶

从此只做看花人

春天里住着很多美丽的名词
山茶，玉兰，樱花
海棠，丁香，紫荆
一个名词，一顶小轿
形容词抬着，动词走着
你坐在里面
桃花面，杏花眼

等我写到
春山如笑，百花深处
余下时光
烟花三月，客舍青青
从此只做看花人

图书在版编目（CIP）数据

一生看花相思老 / 白音格力著 . —北京：
中国华侨出版社，2016.11
ISBN 978-7-5113-6469-2

Ⅰ . ①一… Ⅱ . ①白… Ⅲ . ①散文集 – 中国 – 当代
Ⅳ . ① I267

中国版本图书馆 CIP 数据核字（2016）第 278051 号

一生看花相思老

著　　者 / 白音格力
责任编辑 / 文　喆
责任校对 / 孙　丽
经　　销 / 新华书店
开　　本 / 670 毫米 ×960 毫米　1/16　印张 /16　字数 /140 千字
印　　刷 / 北京建泰印刷有限公司
版　　次 / 2017 年 3 月第 1 版　2017 年 3 月第 1 次印刷
书　　号 / ISBN 978-7-5113-6469-2
定　　价 / 36.00 元

中国华侨出版社　北京市朝阳区静安里 26 号通成达大厦 3 层　邮编：100028
法律顾问：陈鹰律师事务所
编辑部：（010）64443056　　64443979
发行部：（010）64443051　　传真：（010）64439708
网　址：www.oveaschin.com
E-mail：oveaschin@sina.com